光文社文庫

19歳　一家四人惨殺犯の告白
完結版

永瀬隼《しゅん》介《すけ》

KOBUNSHA

『19歳　一家四人惨殺犯の告白　――完結版――』目次

19歳　一家四人惨殺犯の告白

——完結版——

プロローグ

一九九八年一〇月

いまにも切れそうな蛍光灯がジーッと鳴る薄暗い部屋で、わたしは息を詰めて待った。重い静寂は五分も続いたろうか。音がする——わたしは耳をそばだてた。キュッ、キュッ、と沓音《くつおと》が近づいてくる。掌《てのひら》に汗が浮いた。拳《こぶし》を握り締めた。

磨《す》りガラスの嵌《は》まったドアの向こう、黒い人影が浮かんだ。ギッと白いドアが軋《きし》み、現れたのは、グレーの制服姿の屈強《くつきよう》な刑務官だった。目深《まぶか》に被《かぶ》った制帽の下から探るような視線を向ける。一瞬にして部屋の空気がキナ臭くなった。

刑務官に導かれ、ぬっと男が入ってきた。身長一八〇センチ近い大柄な身体に、くたびれたスウェットの上下を着込んだ男——今年、二五歳になるはずだ。獄中生活は既に六年余りに及ぶ。

ぺこりと頭を下げ、パイプ椅子に座った。まるで街中の喫茶店で向かい合うようなごく自然な動作だった。しかし、わたしと男の間には、金網入りの分厚いガラス板がある。

東京拘置所の狭い面会室の中、わたしが自己紹介をする間、男は背筋を伸ばし、微動だにせず見つめていた。穏やかな貌《かお》だ。

「お祖父《じい》さんに会ってきましたよ」

わたしが告げると、お祖父さん？　と復唱し、訝《いぶか》しげに眉《まゆ》を上げた。

「あなたが左目を蹴《け》り潰《つぶ》したお祖父さんですよ」

ああ、と声が出た。わたしは続けた。

「糖尿病が悪化し、残った右目もよく見えないようです。生きているのが辛《つら》い、早く死んでしまいたい、とおっしゃっていました」

「そうですか」

感情の窺《うかが》えない平板な声音に、背筋がゾクッとした。男の右隣にある書面台では、刑務官がノートに黙々とペンを走らせている。

「面会にはどのような方が来られるのですか？」

「母と友人、ですかね。あと、修道会の方とかも来られます」

丁寧な口調で淀《よど》みなく語った。

「面会は嬉《うれ》しいですか？」

男は、さあ、と首を捻《ひね》り、どうですかね、とつまらなそうに呟《つぶや》いた。沈黙が流れた。わたしは額に浮いた汗をハンカチで拭《ぬぐ》った。

「意外ですね。ちょっと信じられない思いです」

「なにがですか」

「あなたが四人も殺した、という事実がですよ」

男は、それで、と言わんばかりに、小さく顎《あご》を上下させた。目の前の、どこの馬の骨とも知れぬフリーライターに興味を示したように見えた。はやる気持ちを抑えて続けた。

「八三歳の老婆から四歳の幼女まで、四人も殺したなんて……」

男の唇が動いた。

「僕はネコを被っていたんです」

ネコを被る――冷酷な殺人鬼に相応《ふさわ》しくない言葉に思えた。

「ワルの自分を必死に覆い隠していたんです」

低い声が鼓膜に響いた。

「うちの親はバカでいい加減で、僕が小学四年のとき、借金が原因で夜逃げして、仲の良い友達に一言のお別れもできなくて、右も左も分からない街の小汚いアパートにひっそりと身を潜《ひそ》めて、ドブネズミみたいに生きてきたんです」

さっきまでの寡黙《かもく》な姿がウソのように、喋《しゃべ》りまくった。己の半生と親を呪う言葉がマシンガンのように吐き出された。

「学校では貧乏だからとイジメられて、すべてがつまらなくて、我慢していたんだけど、どんどんワルくなって、そのワルい自分を隠して――」

「しかし、もっと酷《ひど》い境遇で頑張っているひとはいっぱいいますよね」

わたしは言葉を挟んだ。

「あなたより恵まれない環境から這《は》い上がって努力して、立派に生きているひとはいくらでもいるでしょう」

男は唇を引き結び、黙り込んだ。

「あなたが犯した罪を環境のせいにしてはいけない。そうは思いませんか」

男は俯《うつむ》き、そうですね、おっしゃる通りです、とか細い声で呟いた。再び、沈黙が流れた。喉《のど》がカラカラに渇いていた。わたしは張り付いた舌をなんとかひき剥《は》がした。

「また会いにきていいですか？」

男は顔を上げ、ポカンと見つめた。

「可能な限り、面会したいと思っています」

「僕と、ですか」

「そうです」

「なぜ」

「一九歳のあなたがどうしてあの事件を起こしたのか、知りたいからです」

物好きだな、と言わんばかりに、まじまじと凝視《ぎょうし》してきた。

「手紙も書きたいと思います」

「いいですよ」

頬を緩《ゆる》めた。晴れ晴れとした表情だった。

「どうせ死刑になるんですから、僕も書きましょう」

1　軌跡

一九九二年三月六日。午前七時、空は灰色の雲で覆われ、冷たい、糸のような雨が降っていた。

ドアの外で気配がする。息を殺して動き回る複数の人間。男は、冷蔵庫の上の柳刃包丁を摑《つか》み、少女に握らせた。

「おれ、逃げるからな」

低く言った。包丁には血がべっとりと付いていた。

「おまえ、これを持っておれを脅すようにしろ」

床にぺたりと座り込んだ少女は、放心したまま動かない。男は苛《いら》ついた。

「おい、分かってるのか！」

吠えた瞬間、ドアが開いた。なだれ込んだ警官隊は怒声をあげて男に組みつき、床に叩《たた》きつけるようにして押さえつけた。身長一七八センチ、体重八〇キロ。男は筋肉質の大柄な身体をばたつかせて叫んだ。

「おれじゃねえ、おれはやってねえよ！」

千葉県市川市《いちかわし》の江戸川《えどがわ》河口近く、東京湾に臨んで建つ分譲マンションの一室。このとき男一九歳、少女一五歳である。

少女が警察によって保護され、連れ出された後の部屋には、家族四人が血に塗《まみ》れた骸《むくろ》となって転がっていた。

殺戮《さつりく》は前日の夕刻から始まっている。少女の自宅マンションに忍び込んだ男はまず、八三歳の祖母・芦沢敬子《あしざわけいこ》を電気コードで縊《くび》り殺し、母・咲代《さきよ》（三六）の背中を包丁でめった突きに。父・信次《しんじ》（四二）は背後から肩を刺し、止《とど》めに背中を突き刺して殺害。四歳の妹・佑美《ゆみ》は未明、背中から胸にかけて深々と抉《えぐ》られ、絶命した。

犠牲となったこの四人は、男とまったく面識がなかった。

ひとり生き残った少女は、この世の地獄を見た。目の前で家族を殺され、床に広がった母親の失禁の跡と鮮血を拭《ぬぐ》わされ、しかも家族の死体の横たわる傍らで、男に「気分転換」と称して衣服を剝ぎ取られ、強姦《ごうかん》されている。当時、少女は県立高校の一年生。クラスの副委員長を務め、演劇部や美術部で活動し、将来は美術関係の大学進学を希望する、ごく普通の女子高生だった。

逮捕された男は、警察の取り調べのなかで少女と親密な関係にあったことを仄《ほの》めかし、「一緒にコンサートに行ったこともある」などと述べたが、これらは後に、すべて根も葉もないデタラメであることが分かっている。ただ、事件前、少女と男との間には、確かな接点があった。少女にとってはまったくの偶然が招いた、なんとも悲惨な形での接点だったが……。

一夜で四人の命を、まるで虫を捻り潰《つぶ》すがごとく奪った男は、逮捕後もその冷酷ぶりを遺憾《いかん》なく発揮し、警察関係者を啞然《あぜん》とさせている。被害者の遺族は、取り調べに当たった刑事の、こんな言葉を聞いている。

「あんな殺人犯は見たことがない。三度のメシを腹一杯食い、夜は大いびきをかいて熟睡している。人間じゃありませんよ」

四歳の幼女を含む四人を、嬲《なぶ》るようにして殺した男は逮捕後、面会に訪れる母親に頼んで、高校時代に使っていた教科書と参考書、辞書類を差し入れさせている。出所後に備えて、資格のひとつも取得しようと考えたのだ。自分は未成年だから厳罰はないだろう、少年院で罪を償ってまた出直せばいい、とその程度の罪の意識だった。

見ず知らずの四人の命を奪っておきながら、反省の色も見せず、獄中から新たな自分の人生を思い描くほど、無神経で冷酷な一九歳。

男の人生を追い、犯行に至るまでの軌跡を探ってみる。

今から半世紀以上前、東京都江戸川区松島《まつしま》。戦後、まだ焼け野原の広がる荒川《あらかわ》の土手沿いの街のバラック小屋で、身ひとつを頼りに、ウナギの卸業を始めた青年がいた。茨城から上京した、小柄だがガッチリとした体軀《たいく》の青年は、早朝から深夜まで、包丁を握り締めてひたすらウナギを捌《さば》く毎日を送った。青年は生まれつき視力が弱く、戦時中も兵役を免除されていた。戦死した幼なじみに比べて、自分は遥《はる》かに恵まれている、拾った命、と思えばどんな苦労も耐えられる気がした。青年は、文字通り死んだ気になって、持てるすべてのエネルギーを仕事に注《そそ》いだ。

その寸暇《すんか》を惜しんだ猛烈な働きっぷりで、事業は順調に拡大した。己に厳しい青年は、周囲にも常に全力を尽くすことを要求した。いつしか「仕事の鬼」と恐れられ、従業員もあまりの厳しさについていけず、辞める者が続出した。青年は後に千葉県市川市を中心に、一〇軒近い鰻屋《うなぎや》を構える、チェーン店のオーナーとなる。この立志伝《りっしでん》中の人物が、男の祖父である。

周囲も一目置く「仕事の鬼」の長女として生まれた良子《よしこ》は短大卒業後の六七年、

二四歳のとき、区役所のダンス教室で東芝の関連会社に勤務する二五歳のサラリーマン、小塚俊男《こづかとしお》と知り合い、付き合うようになる。

中肉中背の小塚俊男は、どこといって特徴のない男だが、ことデートとなると、抜群の手腕を発揮した。洒落《しゃれ》たレストランでの食事に、甘い恋愛映画。休日となると、スキー旅行にも誘ってくれた。毎日、早朝から深夜までボロの作業着を着込んで鰻を捌き、従業員を怒鳴りあげる武骨《ぶこつ》な父親とは、まるで別世界の男性に見えた。

良子が小塚俊男を生涯の伴侶《はんりょ》と思い定めるまで、それほど時間はかからなかった。だが、鰻屋のオーナーとして日夜、従業員たちを叱咤《しった》し、先頭に立って激務をこなす父親は、娘の結婚に真っ向から反対した。

小ぎれいなスーツに身を包んだ小塚俊男が、初めて挨拶《あいさつ》に訪れたときから気に食わなかった。終始、にこやかな笑みを浮かべてはいるが、こいつはろくでもない遊び人だ、と思った。第一、仕事に対する熱意がうかがえない。目に光がない。なにより、表情が卑《いや》しい。ラクをして世を渡りたい、という魂胆《こんたん》が見え見えだった。戦後の焼け野原からコネもカネも学歴もなく、己の努力と才覚だけでのし上がってきた父親にとって、目の前のハンパなサラリーマンは、そこら辺りのチンピラとなんら変わらなかった。不満は、夜になって爆発した。

娘、良子の一言が頑固一徹な父親の怒りに火をつけた。

「おとうさん、今晩、ウチに泊まっていくからね」

なんだと？

「俊男さん、泊まっていくから」

結婚前の自分の娘が、男とひとつ屋根の下で、しかもこんなろくでもない男とおれの家で――と思った途端、爆発していた。

「出ていきやがれ！　おれは結婚なんて絶対許さねえぞ、だれがてめえみてえな男に大事な娘をやれるか！」

父親は仁王立ちになって怒鳴り、俊男をたたき出した。

だが、二人は駆け落ち同然で結婚してしまう。千葉県松戸《まつど》市の俊男の実家に新婚所帯を構え、七三年一月、長男である男が生まれた。

良子が初孫の顔を見せに行くと、祖父となった父親は渋々ながら、結婚を認めてくれた。

長男誕生後、間もなく、一家は松戸市内の公団住宅に移り住んだ。男は歩けるようになるとすぐ、スイミングスクールに通わされた。

良子は教育熱心で、小学校に入学するとピアノ、英会話も習わせ始めた。五年後、次男が生まれている。しかし、家族四人の平穏な生活も長くは続かなかった。

　生活が落ち着いてくると、小塚俊男の本性が徐々に頭をもたげ始めた。仕事よりはギャンブルに酒、そして女。父親の指摘した通り、ろくでもない遊び人そのものだった。いつしか夫婦の間にすきま風が吹き始め、派手な喧嘩《けんか》も日常茶飯となった。

　幼い男はある夜、両親が演じた異様な光景を鮮明に覚えている。それは、俊男が、悪鬼の形相《ぎょうそう》で、泣き叫ぶ良子の頭を摑み、浴槽に浸《つ》けているシーンだった。

　男が小学二年のとき、一家は千葉県松戸市から江東区越中島《こうとうえっちゅうじま》に転居している。地下鉄東西線門前仲町《もんぜんなかちょう》の駅から約一キロ。駅の周囲は富岡八幡宮《とみおか》や深川不動《ふかがわ》をはじめ、多くの寺社が集まり、老舗《しにせ》の料理屋、和菓子屋、陶器店等が軒《のき》を連ねる下町である。だが、参拝客で賑《にぎ》わう通りを抜け、東京湾に向かって五分も歩くと、風景は一変する。灰色の商業ビルが乱立する、ザラッとした印象の、生活臭の希薄な空間が広がる。

　越中島の一帯は深緑色の汽水《きすい》を湛《たた》えた運河が縦横に通り、だだっ広い産業道路はダンプの群れが四六時中、轟音《ごうおん》をあげて走り回っていた。晴海《はるみ》の方向へ、幅二〇〇メートルほどの運河を渡ると、豊洲《とよす》の埋め立て地が広がり、石川島播磨《はりま》重工の工場群や東電火力発電所、それに無数の倉庫が建ち並んでいた。潮の香りを含んだ大気には、工場から吐き出される粉塵《ふんじん》が漂い、風の強い日は、整地途中の埋め立て地の砂塵《さじん》が舞う、鈍色《にびいろ》の街だった。

男の一家は、新築の公団マンションの一室を購入した。それは、一四階建ての巨大な集合住宅三棟で構成されており、鮮やかなブルーの壁と、大きなガラス窓が印象的な真新しいマンションは、このくすんだ埃《ほこり》っぽい街で、眩《まぶ》しいほど輝いて見えた。

一挙に住人が増えたおかげで、マンションの北側には区立小学校が新設された。真新しいクリーム色の四階建ての校舎。男は、全校生徒の大半がマンションの住人でしかも転校生という、一風変わったこの小学校に通うことになる。

マンションの南側には、野球グラウンドが二、三個、まるまる入りそうな大手運輸会社の巨大な集荷場があり、無数のトラックが日夜、出入りしていた。両親は当初、騒音の少ない最上階の角部屋四ＬＤＫを希望していたが、価格が折り合わず、六階の三ＬＤＫに落ち着いた。

住人は有名企業の社員や医者、実業家といった、いわゆる高額所得層で占められており、すぐ上の階には有名芸能人の一家が住んでいた。当時、日本中を席巻《せっけん》した漫才ブームで一、二の人気を争った漫才コンビのひとりである。その息子が弟と同年齢だったため、自然とお互いの家を行き来するようになった。時折見かける漫才師は、テレビの中と変わらない笑顔で「どや、げんきか」と声を掛け、息子も父親同様、屈託のない大阪弁でまくしたてた。男は、この陽気な漫才師の一家が大好きだった。

翻《ひるがえ》って自分の一家はどうだろう。高級マンションを買ったとはいえ、祖父の援助と借金によるものである。父の俊男は会社勤めを辞め、祖父の鰻屋を一軒、任されていたが、日銭が入るようになったおかげで、遊びにますます拍車がかかっていた。愛人の家に入り浸《びた》って外泊を繰り返し、時折帰ると、浮気を責める良子を殴り、蹴り、圧倒的な暴力で家族の上に君臨した。夜中、両親の罵声《ばせい》で目を覚ますこともしょっちゅうだった。

珍しく一家四人が揃《そろ》った夕食のとき、学校での出来事を話そうとすると、俊男に「うるさい、黙って食え!」と怒鳴られた。両親はいつも苛々《いらいら》していた。

男に加えられる折檻《せっかん》は様々だった。何時間も続く正座に、食事抜き。徹底した無視もあった。真冬の夜中、外へ放り出されたこともある。見かねた近所のおばさんが「かわいそうに、うちに来なさい」と、暖かい部屋に入れてくれたときは、嬉《うれ》しさよりも、怖さが先にたった。〝こんなとこ、見つかったらただじゃ済まない。こっぴどくひっぱたかれる〟。脳裏に、怒鳴る両親の顔が浮かんで、身体がガタガタ震えた。

「どうしたの？　もう寒くないでしょう？」

優しいおばさんの訝《いぶか》しげな顔。でも、何も言えなかった。

へたに口をきくと怒られるだけだから、自然と無口で無気力な子になった。放課後、友達からドッジボールに誘われると「ぼく、いいや」と弱々しく笑い、家に帰ってひとり、黙々とプラモデルを作った。母親に「外で遊んできなさい」と言われると、マンションの駐車場でラジコンカーを走らせた。甲高《かんだか》いモーター音を撒《ま》き散らしながら、くるくる回るラジコンカーをいつまでも見ていた。自分の居場所はどこにもない、と思った。

指の爪や唇の皮を無意識のうちに食べてしまい、担任から母親に「ストレスがあるのでは」と注意があったのもこの頃だ。

週末になると、自分で着替えと勉強道具をリュックサックに詰め込んでひとり家を出た。〝逃げろ、逃げろ、あの家から逃げるんだ〟そう心の内で叫びながら、駅への道を一目散に走り、電車にとび乗った。行き先は、千葉県市川市の祖父の家だった。祖父はいつも笑顔で迎えてくれた。一緒に風呂に入り、優しい祖母の手作りの夕食を食べた。祖父は晩酌のビールを飲みながら、孫の話を、そうか、そうか、と厳《いか》つい顔を綻《ほころ》ばせて、嬉しそうに聞いてくれた。いつもムスッと不機嫌で怖いだけの父親とは何もかもが違う。男は祖父のことを心から尊敬していた。お金持ちで、頼りになる働き者。自分も、祖父のように強くて立派な大人になりたいと思った。男は祖父の家で、つかの間の、緊張から解き放たれたときを過ごした。

夏休みや冬休みの長期休暇は、ほとんど祖父の家に泊まり込んだ。毎朝、夜明け前、鰻屋のトラックが迎えに来ると、祖父と一緒に乗り込み、店に向かった。朝の仕事が一段落すると従業員たちと一緒に朝食を摂《と》り、番犬の散歩をさせた。大人たちが仕事に取り掛かると、ひとりで宿題をやり、店の近くの江戸川の堤防で遊んだ。昼はまた大勢で食事をし、午後になるとソファで昼寝をした。夜は祖父の仕事が終わるのを待って一緒に帰った。風呂に入れてもらい、あとは祖母も交えて三人で川の字になって寝るだけだった。

この単調な生活に飽きもせず、毎日嬉々《きき》として店にやってくる子供を見て、大人たちはよく「ぼうず、なにがそんなに楽しいんだ?」と訊《き》いてきた。「おじいちゃんが一緒だから」と答えると、祖父の、一切の妥協を許さない厳しさを知る従業員たちは顔を見合わせ、苦笑いを浮かべた。ともかく、祖父のそばで大勢の大人たちに囲まれて過ごす毎日は、男にとって至福の時だった。

しかし、自分の家は居心地が悪くなるばかりで、両親はほとんど口をきかず、折檻はひどくなる一方だった。俊男は、些細《ささい》なことで容赦なく体罰を加えた。激しく叩かれ、身体中に痣《あざ》が出来て、大好きだったスイミングスクールにも行けないことがあった。いつしか、男にとって父親は、憎悪の対象でしかなくなった。

エスカレートする俊男の遊びのせいで家計は火の車となった。しかも、次から次へと高額商品を買い漁《あさ》る。ビデオカメラに高級家具、ゴルフクラブのセット、高級乗用車……それは、家庭に空いた暗い穴を埋めるかのような、メチャクチャな買い物だった。

俊男が任された鰻屋は、経営者が遊び惚《ほう》けているため、坂道を転がるように売り上げが落ちていった。借金は膨《ふく》らむばかりで、破綻《はたん》は目の前に迫っていた。

母親の苛《いら》だちは頂点に達し、その矛先は息子に向けられた。

「いってきます」

朝、マンションの玄関を開けると、目の前に小学校の校庭が広がっている。母親の視線を背中に感じたまま、廊下を走り、エレベータに飛び乗る。男は、時間にして一分もかからない通学路を、まるで逃げるように走った。ある日、体育の時間、ふと人影を感じて顔を上げた。息が詰まった。思わず声を上げそうになった。マンション六階の廊下。立って、じっとこっちを見ている女。白い紙のような無表情の顔……母親が見ていた。背筋が寒くなった。顔を伏せた。ひざ小僧が無様《ぶざま》に震えていた。

帰るなり、怒鳴られた。「動作がのろい！」「〇〇くんと遊んじゃダメでしょう！」母親は時間割をすべてチェックし、監視していた。この日から、学校は監獄になった。ひとときも気は抜けなかった。母親の視線を意識しながら、真面目な友達を選んで遊び、昼休みは校庭横の鶏小屋と花壇の世話をした。息苦しくてたまらなかった。でも、文句を言うと殴られるに決まっているから、黙っていた。

時々、両親の目を盗んで、家のステレオセットをいじってみた。父と母の若い頃のレコードコレクションがあった。ドキドキしながら針を落とした。レコードは外国のポピュラー音楽がほとんどで、男はビートルズとエルビス・プレスリーのラブソングが好きになった。甘いメロディに耳を傾けていると、辛いことも苦しいことも忘れた。いつまでも聴いていたかった。

砂を噛《か》むような毎日を送っていた男にも、ひとりだけ、親友と呼べるクラスメートがいた。おとなしくて目立たないコだが、成績はクラスでトップ。ノロマで勉強もそんなに出来ない自分とは大違いだ、と思った。なのに、妙にウマが合い、よく話をした。彼の父親は、マンションの前にある大手運輸会社のサラリーマンで、自宅は会社の敷地内に建つ社宅アパートの中にあった。

放課後、自宅に誘われ遊びに行ったとき、男は天地が引っ繰り返るかと思うほど、びっくりした。玄関のドアを開けた彼のお母さんは、笑顔を浮かべて、息子を抱き締め、ほお擦りをしたのだ。男は、口をポカンと開けて、目の前で繰り広げられるその光景を見ていた。まるで外国映画みたいだと思った。気恥ずかしくて、こっちの顔が真っ赤になった。

お母さんは、初めて見る息子の友達を「いらっしゃい、遊びに来てくれてありがとう」と、輝くばかりの笑顔で迎えてくれた。部屋の中は、温かい、ミルクとバターを混ぜ合わせたような、いい匂いがした。手作りのクッキーの香りだった。男は勧められるまま、御馳走《ごちそう》になった。舌がとろけるほど美味《おい》しくて、思わず「おいしい」と呟くと、「もっと召し上がれ、遠慮しなくていいのよ」と、優しく言ってくれた。お母さんは、ティーカップを口に運びながら、息子の話を、目を細めて聞いている。自分のマンションより狭い、古びた社宅なのに、とても大きくて立派な部屋に見えた。これまで経験したことのない、ゆったりとした優雅な時間が流れていた。罵声《ばせい》と折檻と夫婦ゲンカが絶えない自分の家とは別世界だった。

男は、それからちょくちょく遊びに行くようになった。決まってお母さんは、息子を抱き締めた。その喜びに満ちた顔は〝あなたが帰ってくるのをずっと待っていたのよ〟と語っていた。お母さんは、すべての愛情を、息子に注いでいた。部屋ではクッキーだけでなく、手作りのパンもケーキも御馳走になった。お母さんの声はいつも優しく、声を荒らげることなど一度もなかった。

通ううちに、男の中に疑問が芽生《めば》えた。

〝こんな素敵なお母さんがいるはずがない。きっと、友達が来ているから、よそ行きの顔を見せているんだ〟

男は彼に訊いてみた。

「ときには殴られたりするんだろう？　ぼくがいるから、お母さんはあんなに優しいんだよね」

彼は驚いた顔でかぶりを振った。

「いつもと同じだよ。殴られたことなんて、生まれてから一度もないもん」

今度は男が驚いた。そんな家があるなんて信じられなかった。男は考えた。拳骨《げんこつ》はもちろん、平手で叩かれたこともない彼はあんなに勉強のできる優等生なのに、いつも殴られ、蹴られている自分は彼の足元にも及ばない。なんだか、ずいぶん損をしている気がした。男の、納得のいかない曇った顔を見て、彼は慰めるようにこう言った。

「きみもセイショの勉強をすればいいんだよ」

なんのことか分からなかった。訊くと、彼は毎日、神様の教えが記された聖書という本の勉強をしているという。

「それをやると、学校の成績も上がるの？」

彼は笑って、聖書は学校の勉強とは違うこと、神様の教えを学ぶこと、と教えてくれた。

以来、「聖書ってなに？」「キリスト様って誰？」「ノアの方舟《はこぶね》ってなに？」と質問する男に、彼は丁寧に説明してくれた。その声と態度は、自信に満ちていた。彼の家では、お父さんも、お母さんも熱心に勉強しているらしい。男は思った。〝もしかすると、自分も彼みたいになれるかもしれない。いや、自分のあの家だって……〟

暇があると彼に質問をぶつけた。そのうち、お母さんが話しかけてきた。「勉強したいの？」こくんと頷《うなず》いた。すると、お母さんは子供用のひらがなで書かれた絵付きの経典を取り出して、詳しく説明してくれた。お母さんの教え方は、とても上手だった。男の疑問に、分かりやすい言葉で、丁寧に、噛んで含めるように教えてくれた。自分の両親とは大違いだった。家では、分からないことを訊くと、「自分で調べろ」と取り付く島もなかった。お母さんと一緒に勉強していると、神様の教えが、まるで乾いたスポンジが水を吸い込むように、頭に入ってきた。

彼の一家はキリスト教の一宗派である「エホバの証人」の熱心な信者だった。「エホバの証人」の本部はニューヨークにあり、世界中に約八〇〇万人の信者を抱える、カソリック、プロテスタントのどちらにも属さない、キリスト教系の一宗派である。

信者のあらゆる行動は、聖書に基づいている。彼らにとっては聖書だけが真理であり、真実だった。神が七日間で世界を創ったことも、ノアの方舟の大洪水も、この地球上で実際に起こった歴史的な事実だとする「エホバの証人」は、他のキリスト教と違って偶像を嫌い、十字架すら認めていない。暴力も徹底して否定する。格闘技は戦争につながる、という考えから、信者の子供が学校での柔剣道の授業を拒否し、問題になることもしばしばあった。また、一九八五年には、世を震撼《しんかん》させた

「輸血拒否事件」も引き起こしている。これは、神奈川県川崎《かわさき》市内の小学五年男児(一〇)が、自転車に乗っていてダンプカーと接触、両足骨折の重傷を負い、病院に運ばれたが、両親が輸血を拒否し、五時間後に死亡した、というショッキングな事件である。亡くなった男児の一家は揃って熱心な信者で、「聖書は、クリスチャンが血を取り入れること、生命を支えるために血を用いることを禁じている」から輸血を拒否した、という論理だった。

「エホバの証人」は、その過激ともとれる徹底した純粋性から、キリスト教の中でも異端視される宗派だが、愛と平和を高らかに説く教えは幼い男を魅了した。〝うちも彼の家みたいにするんだ〟男は経典を持って帰り、トイレにこもってひたすら読んだ。家庭内で、トイレだけが両親の目が届かず、ほっと息を抜ける場所だった。

一カ月後、彼のお母さんがこんな言葉を掛けてくれた。

「今度、うちで子供だけの勉強会があるから来てみない?」

自分の母親が許してくれるとは思えなかったから、断った。すると、お母さんは直接、男のマンションに出向いて、良子に説明してくれた。お母さんの、知的で、上品な口調にすっかり圧倒されたのか、良子は、喜んで了解した。自分にはあんなに厳しくて怖い母親なのに……男はキツネにつままれた気がした。

俊男は「おれの留守の間に勝手に決めやがって」と不機嫌な顔で毒づいたが、それだけだった。両親は家の中ではともかく、外づらは極めて愛想がよく、物分かりもよかった。

勉強会は一回が二時間ほど。週一～二度、開かれた。会は小学一年と二年、三年と四年、五年と六年の計三グループに分けられ、各々の理解の進度に合わせて学んだ。各々のグループには六～七人が参加し、中には有名私立小学校に通う子供もいた。

説教をしてくれる教師役の男性はとても魅力的な人物だった。

「大人の理屈だけで進められる学校教育は誤りなんだよ」「学校の先生を必要以上に神聖視し、先生の言うことは何でも正しい、という考え方は捨てねばなりません」

言葉のひとつひとつが、男の身体に染《し》み入るようだった。ああ、ここの大人のひとたちは子供の味方なんだ、と思うと、嬉しくて楽しくて、心が浮き立った。通ってきている子供には不登校の児童もいたが、学校には行かなくても、勉強会には一日も休まず出席していた。当然だと思った。勉強会には、学校では絶対に得られない本当の仲間がいる、心を打ち明けて何でも喋《しゃべ》ることのできる立派な大人たちがいる。学校より、ずっと魅力的で心地良い場所だった。

勉強会のあと、個人面談があった。自分の悩みを教師役の男性に聞いてもらう時間だ。男は、問われるまま、今まで一度も口にしたことのない自分の悩みを打ち明けた。

「お父さんとお母さんの仲が悪くて困っています」「すぐ殴られるので、家に帰るのが怖くてたまりません」

じっと耳を傾けていた男性は、告白が終わると静かな口調でこう諭《さと》した。

「まずはきみが変わることが大切なんだよ」「きみが変われば、お父さんもお母さんも、きっと気づいてくれる。きみが頑張って、正しい方向へ導いていくんだ」「みんな、この世に選ばれて生まれてきた使命を持っている。きみの使命は、お父さんとお母さんを変えることなんだよ」

男は、聖書の教えを真剣に学べば、いつか自分の両親も分かってくれる、彼の家のように、笑顔の絶えない、平和な家になる、と信じた。

しかし、いくら勉強してもそんな幸せは訪れなかった。一家の借金は膨らむ一方だった。破綻《はたん》が刻一刻と迫るにつれ、父の俊男は荒れた。そしてある夜、〝事件〟

は起きた。幼い息子が熱心に読んでいた経典を、俊男は突然、取り上げたのだ。

「こんなくだらないものばっかり読みやがって」

そう言うなり、真っ二つに引き裂いた。

「ああー！」

男は悲鳴をあげた。この世で一番大切な経典を、神様の教えを……。

瞬間、男は飛び掛かった。これまで、ただの一度も刃向かったことのない怖い父親に対し、九歳の息子は幼い拳《こぶし》を振り上げた。

「このガキ、なにすんだ！」

父親は怒声をあげ、突き飛ばした。男は父親の足にしがみつき、歯を突き立てた。肉を嚙みちぎってやろうと思った。全身の血が沸騰して、目の前が真っ白になった。もう恐怖も苦痛もなかった。蹴飛ばされ、殴られながら、「いつか仕返ししてやる」と心に誓った。このとき、僅《わず》かに残っていた父親への情愛は、きれいに砕け散った。

俊男のつくった借金は、億単位にのぼった。消費者金融にも手を出し、取り立ては容赦がなかった。朝に夕にヤクザが押しかけ、怒鳴り、ドアを激しく叩く。俊男は家に寄りつかなくなり、母親の良子は、小学四年の男と、五つ年下の弟を連れて夜逃げ同然にマンションを出た。八二年一二月、寒風の吹きつける夜だった。家族は、呆気《あつけ》なく崩壊した。

母子三人が転がり込んだ先は、葛飾区《かつしか》の中川沿いに建つ四畳半一間の、吹けば飛ぶようなみすぼらしいアパートだった。便所、台所は他の住人との共同で、日当たりも悪く、畳はカビが生えていた。

その後、知り合いの区議の紹介で、同じ葛飾区内の京成《けいせい》電鉄青砥《あおと》駅前の商店街に建つアパートへ移り住んでいる。築三〇年の木造モルタルアパートで、六畳と四畳半の二間に二畳の台所が付いていた。一階二階にそれぞれ四室あり、一家の部屋は二階の西から二つ目。アパートの両側に商業ビルが建っているため、風通しは悪く、暗かった。しかし、夕方になると西陽が射し込んだ。商店街を走り回るクルマの騒音も夜遅くまで響いた。風呂はなく、一家三人は夜遅く、人目を避けるようにして銭湯に通った。

俊男の借金は、祖父が築き上げたすべての財産を吐き出して清算した。無一文同然となった祖父は、娘の良子に「うちの敷居をまたぐな、電話もしてくるな」と厳しく言い渡した。溺愛《できあい》された男も、祖父の家を訪ねることは許されなかった。年が明けて離婚が成立した。

狭くて暗いアパートでの生活は、困窮を極めた。家財道具は何もなく、一個のダンボール箱を食卓兼勉強机として使った。引っ越した当座は借金取りから逃れるため、住民票を移していなかったから、転校手続きは煩雑《はんざつ》を極めた。しかも、いざ通えるようになると、母親からこうクギを刺された。

「どこから越して来たのか、絶対に言っちゃダメよ」

男は、ランドセルの代わりにふろしきをぶら下げて、これで三校目になる小学校に通った。離婚で名字が変わり、周囲から好奇の目で見られ、イジメの対象になった。一着しかない服を毎日着ていくと「汚い」「クサい」と、からかわれた。担任教師が電話連絡網を作るから、とクラス全員の前で電話番号を訊いてきたとき、「そんなもの、うちにはありません」と答えると、担任はクラスメートと一緒になって笑った。

新築のマンション住まいから、風呂なしのボロアパートへ。しかも、唯一の庇護《ひご》者の祖父からは見放され、食べるのがやっとの極貧生活。男は月に一、二度、母親の財布から小銭を抜き取っては、電車を乗り継いで越中島に行った。聳《そび》える高級マンションを見上げ、現在の生活とのあまりの落差に、呆然《ぼうぜん》とした。隣の小学校では、友達が遊んでいる。借金取りに追われての夜逃げだったから、お別れの言葉も告げていない。突然、消えた自分のことを、いまさら説明する言葉はなかった。コソコソと隠れるようにして、校庭をうかがう自分が惨めでならなかった。

男はそれまで、どちらかといえばノンビリした性格で、自分では友達に比べてグズで不器用な人間だと思っていた。しかし、夜逃げと貧乏、執拗《しつよう》なイジメで性格は歪《ゆが》んで捩《ねじ》れ、周囲への不信感と猜疑心《さいぎしん》は日一日と募るばかりだった。

母親の良子は一家三人の生活をなんとか成り立たせようと、朝から晩まで働き詰めだった。夏になると、風がそよとも吹かない部屋は、強烈な西陽に炙《あぶ》られた。まるでサウナ風呂のようなアパートの部屋に居られるはずもなく、放課後、男は外を、野良犬のようにうろついた。アスファルトが焼け、陽炎《かげろう》が揺れるなかを、汗みどろになって歩いた。目的はなにもなかった。時間が潰せれば、それで良かった。

そんなある日、道端に捨てられたラジカセが目に留まった。ラジオもカセットもまだ十分使える。男の家にはテレビがなかった。以来、このラジカセが宝物になった。AM放送は演歌とトーク番組が主で全然おもしろくなかったから、もっぱらFMとFENを聴いた。ひとり、ラジオから流れる、バラードやラブソングに耳を傾けると、渇ききった心が、みるみる潤っていくようだった。

しかし、男の音楽の嗜好《しこう》を根底から覆《くつがえ》す、強烈な体験が襲う。夜、暑い部屋でラジオをつけ、汗まみれになって寝転がっていると、これまで聴いたことのない、地響きのようなサウンドが耳を刺した。腹の底に響くエレクトリックギターと、猛獣の咆哮《ほうこう》に似た野太いボーカル。血が逆流したようなショックを感じた。男は弾《はじ》かれたように起き上がり、ボリュームをいっぱいに上げた。アパートの窓ガラスがビリビリ震え、得も言われぬ高揚感が全身を包み込む。うねるようなギターサウンドが叫び、むせび哭《な》きながら天空高く駆け昇り、爆発する。奥底に眠っていた本能を摑んで揺さぶられている気がした。夭折《ようせつ》の天才ギタリスト、ジミ・ヘンドリックスとの初めての出会いだった。

以来、ジミヘンは男の神様になった。これこそが自分のサウンドだ、ジミ・ヘンドリックスはおれに向けてメッセージを放っている、と思った。ビートルズも、プレスリーも、ジミヘンを知った後ではただの甘いポップスにしか聞こえなかった。レッド・ツェッペリンやKISS、ヴァン・ヘイレン、それにエリック・クラプトンの在籍していたクリームなど、ハードロック全盛の時代だった。レコードを買うカネはないから、もっぱらラジオからカセットに落とすエアチェックで我慢するしかなかった。ロック熱は高まるばかりで、じきにカセットテープが足りなくなると、近所のディスカウントストアから万引きすることを覚えた。

同じころ、浅草通いが始まる。放課後になるとひとりで電車に乗って、片道一五分ほどの浅草へ行き、雑踏《ざっとう》の中をうろつくようになった。観光客で賑やかな浅草にいると、息が詰まりそうな日常から抜け出せた気がして、少しだけ解放された気分になった。しかし、遊ぶだけのカネはなく、すきっ腹を抱えてひたすら歩き回るだけだった。

そんなある日、思わぬ出来事が起こる。公衆電話の横で見つけた女物の財布。何の気なしに拾い上げ、開けると一万円札が二、三枚のぞいていた。あわてて財布ごとポケットにねじ込み、駅のトイレに入った。六万円と少しあった。心臓がドキドキした。迷わず現金だけ抜き取り、財布を捨てると、再び街に出た。男は一瞬、目を疑った。頭がクラクラした。まぶしかった。暗いモノトーンに沈んでいたはずの街が鮮やかに彩《いろど》られ、隅から隅までパッと明るく輝いて見えたのだ。

貧乏な自分には縁のないもの、といつも横目で見るだけだった飲食店を次から次へとハシゴし、ウドンや団子、焼きそばを食いまくった。ゲームセンターへも入り浸った。世界が一八〇度、変わった気がした。いろんなことに耐えてきた自分が、ノロマなバカに思えて仕方がなかった。以後、浅草に出ると、右も左も分からない観光客をねらった置き引き、スリ、かっぱらいを繰り返し、果ては神社に忍び込んで糸ノコを使い、賽銭箱《さいせんばこ》から現金を盗んだ。

「貧乏を笑う世の中のやつらからはいくら盗《と》ったっていいんだ。世の中、なんだかんだいったってカネなんだ」

手前勝手な論理に酔い痴《し》れ、他人の困る姿を見てはほくそ笑んだ。その一方、「ワルのレッテルを貼られると損をする」と、地元ではおとなしい真面目な少年を装い続けた。

一方、良子は多忙な日を送っていた。職業訓練所で経理の技術を身に付けた後、証券情報会社で働くようになり、生活はやっと軌道に乗り始めたが、残業の日々が続いた。母子三人が生きていくために必死だった。長男のことはいつも気になっていた。貧乏と母子家庭にコンプレックスを抱き、気持ちが荒《すさ》んでいくのでは、と不安でたまらなかった。言葉遣いや生活態度を事あるごとに注意した。長男は、とくに反抗することもなく、黙って従った。息子二人には、母親が懸命に働く後ろ姿を見て、立派に育って欲しい、とそれだけが唯一の希望だった。母子家庭の引け目だけは感じさせたくなかった。

2　暴　力

葛飾区の京成電鉄青砥駅から荒川へ向かって徒歩一〇分。八五年秋、京成線の高架沿いに一戸建てを所有する石田文江《いしだふみえ》は、自分たち夫婦の〝冒険〟に少なからず不安があった。夫の隆《たかし》は定年前に会社を辞め、建築コンサルタントとして独立していた。仕事は順調だが、自分たちには子供がない。老後のことを思うと、安定した副収入が欲しかった。幸い、家の敷地には余裕がある。夫婦は、アパート経営に乗り出すことにした。自宅を改装して、一階に一室、二階に二室。間取りは六畳と四畳半に五畳のダイニングキッチンが付いた二ＤＫ。家賃は五万五〇〇〇円だから、三室すべてに借り手がつけば、月に一五万円以上の定収入になる。

だが、入居者がいるだろうか。その日、文江は建築途中のアパートを見上げて、祈るような思いだった。と、前の道路に立ち、同じようにアパートを見ている女性がいる。年齢《とし》の頃は、自分と同じ四〇代半ば。小柄な身体を上等のツーピースに包み、福々しい顔には化粧も施している。一見して、仕事を持っている女性と分かった。「入居したいのかな」と思ったが、声は掛けなかった。入居者の手続き等はすべて、不動産会社に任せてある。女性は、暫《しばら》くすると納得したように軽く頷《うなず》き、帰っていった。

二、三日して、また女性が現れた。今度は現場の建設作業員と何やら話し込んでいる。ずいぶん積極的な女性だな、と思ったが、女性の行動はそれだけに止《とど》まらなかった。作業員のヘルメットを借りて被ると、ツーピース姿のまま、何の躊躇《ちゆうちよ》もなく、ハシゴを昇り始めたのだ。上部に組んだ足場に立ち、壁厚や材質について質問を繰り出し、入念にチェックしている。知らない人が見たら、女性の現場監督と見まちがうかも、と思えるほど堂々とした態度だった。その熱心な姿が文江にはとても好ましく思えた。

女性は、ハシゴを降りると、まっすぐ文江のもとにやってきた。自分の名前を名乗り、丁寧な口調でこう言った。

「母子家庭なんですが、よろしいでしょうか」

訊《き》くと、長男が中学一年で、次男は小学二年生。女性は、証券関係の会社でフルタイムで働いているという。どのようないきさつで母子家庭になったかは敢《あ》えて問わなかったが、このしっかりした女性の子供なら、さぞかし躾《しつけ》も行き届いているだろう、と思った。文江は、笑顔で答えた。

「なんの問題もありませんよ。ただ、不動産会社を通してもらわないと、入居手続きはできません」

女性は不動産会社の場所を教えてもらうと、深々とお辞儀をして帰っていった。その後ろ姿を見送りながら、文江は、女手ひとつで一家を支える母親と、まだ見ぬ二人の子供を応援したい気持ちになっていた。

不動産会社で入居手続きを済ませ、越してきた一家は、二階の部屋に入居した。子供たちは文江の予想した通りだった。大柄な中一の長男は、無駄口を叩くこともない、礼儀正しい子供だった。大人びて寡黙《かもく》で、朝晩の挨拶をしっかり行い、とても感じがよかった。小二の次男は陽気でお喋りで、いつも笑顔を絶やさず、抱き締めたくなるほど可愛かった。

日曜日になると、兄弟二人でアパートの階段と玄関を掃除してくれた。時折、部屋の窓をピカピカに磨きあげている長男の姿があった。

長男は、少年野球チームに所属し、エースで四番の、将来を有望視されている野球少年だという。母親の良子は、「甲子園を目指しているんです」と、嬉しそうに教えてくれた。長男は時折、道路を挟んで目の前にある京成線高架下の空き地に弟を誘い出し、キャッチボールをしていることもあった。弟思いの、本当に出来た長男だと、感心した。

五月の第二日曜日の〝母の日〟になると、兄弟二人揃って文江に赤いカーネーションをプレゼントしてくれた。子供のいない文江は嬉しくて、涙が出た。家族旅行から帰ると、決まって良子がお土産を持って挨拶に来た。時折、ウナギの蒲焼《かばや》きを貰《もら》うこともあった。礼を言うと、良子は「うちの実家は鰻屋だからいくらでもあるのよ」と、笑った。包装紙を見ると、支店がいくつもある、大きな鰻屋らしかった。やはり、ちゃんとした家の人だったんだ、と思った。とにかく、どこから見ても、非の打ち所ない家庭だった。

夫の石田隆も妻と同じように、この母子三人の家族を優しく見守った。長男が中三の夏、自転車で転んで腕を骨折したことがある。豊島《としま》区の大塚《おおつか》駅前の病院に入院し、手術が必要だということになった。手術当日、隆は仕事を休んだ。葛飾区から豊島区の病院まで行くとなると、電車を乗り換える必要があって面倒だ。手術も、母親だけでは心細かろうと思い、付き添うことにした。隆は、クルマに次男と母親を乗せ、病院まで走った。手術が終わると、気丈にも長男はこう言った。

「おじさん、今日は本当にありがとうございました。ぼくはもう大丈夫です。母と弟は電車で帰らせますから、どうぞ先にお帰りください」

　まだ中学生なのに——その毅然《きぜん》とした態度は、一家の主《あるじ》そのものだった。隆は帰りの車中、ハンドルを握りながら、ふと「おれにもあんな息子がいたらなあ」と思った。

　一度、家族と別れて住む父親が二人の息子を、甲子園の高校野球大会観戦に連れていったことがある。離婚したとは聞いていたが、ちゃんと息子の面倒を見ている、立派な父親だと感心した。良子は、子供たちに母子家庭の引け目を感じさせないよう、精一杯努力していた。地域社会への参加も積極的で、近所一帯が良子の提案で生協から食料品の共同購入を始めたほどだった。また、良子の実弟、二人にとっては叔父《おじ》に当たる人物も、時折クルマで訪れては、ドライブや食事に連れ出していた。母子家庭で育つ子供二人だが、周囲の大人たちの愛情に育《はぐく》まれて、何不自由ない生活を送っているように見えた。

　文江は長男の中学卒業の当日、こんな光景を目撃している。午後、女の子が数人、アパートの前に集まってキャーキャー騒いでいるのだ。長男のファンと称する同級生たちだった。

「あのコなら女の子にもてて当然よ」

文江は、まるで自分の家族のことのように誇らしかった。

浅草でかっぱらいや置き引き、スリを重ねた男は、地元では真面目な少年を装い続けた。だが、中学に入学すると、非行の度合いは一気にエスカレートする。もともと、運動神経は抜群で、所属した少年野球のチームではすぐに四番に座り、投げてはエースとして活躍した。中学生になると身体がグンと大きくなり、体格も腕力も同じ世代の少年を圧倒した。地元の不良たちから、そのケンカの強さを褒《ほ》められ、仲間に誘われた。他人に必要とされていることが、何より心地良かった。

以後、男の凶暴性は堰《せき》を切ったようにあふれ出す。学校ではおとなしくしていたが、放課後になると街をうろつき、ケンカを繰り返した。殴り倒した相手からカネをむしり取ることを覚え、ゲームセンターを根城に、不良仲間とつるんで遊び歩いた。

祖父と母親の関係は既に修復されていたが、以前のように祖父を尊敬することはできなかった。〝一度は孫のおれを裏切ったじゃないか、一番辛くて寂しいとき、手を差し伸べてくれなかったじゃないか〟恨みは、骨の髄まで染み込んでいた。

良子の仕事は順調で、中学一年の冬には新しいアパートにも入居した。新築の部屋は床も窓も台所もピカピカで、風呂まで付いていた。あの、吹きだまりのようなボロアパートとは雲泥《うんでい》の差だった。しかし、男の気持ちは一向に晴れなかった。自宅アパート周辺ではおとなしくしていたが、いったん街に繰り出すと、男の周囲には暴力と悪意が充満した。

盗んだ原付きバイクを乗り回し、酒、タバコを覚えた。ケンカ用の特殊警棒を持ち、繁華街を練り歩いた。良子は日毎に変わっていく息子を憂《うれ》えた。外出先から帰ると、息子のポケットを調べ、どこで何をしていたのかを厳しく問い詰めた。しかし、ヘラヘラ笑っているばかりで、まともに答えようとしない。

男にとって、母親の叱責《しっせき》など、聞こえないに等しかった。〝もう、おれは小学生のガキじゃない。力ずくで押さえようにも、おれのほうがずっと強いんだから、どうしようもないだろう〟男は、口うるさい母親を見下《みくだ》し、せせら笑い、そして無視した。

不良仲間から電話があると、良子は「もう電話しないで！」とヒステリックに叫んで切った。男は怒り、良子を突き飛ばした。本格的な家庭内暴力が始まった。

アパートで、少しでも気に食わないことがあると、弟をサンドバッグのように殴り、母親にも手を上げた。もう、男を止める者は誰もいなかった。同じころ、離婚した父親が現れるようになり、これも荒れる原因となった。母親は「教育のため」と称して、家族一緒に食事を摂るなどしたが、男は自分を貧乏に追い込んだ張本人の登場に納得できず、ますます反発を強めた。

女を知ったのは中学二年のときだ。相手はいつもシンナーでラリッている、同い年の女だった。学校へ通っている様子はなく、街をフラフラ遊び回り、気が向けばそこらの男を自宅アパートへ引っ張り込む、という毎日を送っていた。どういう事情があったのか、女の両親はほとんどアパートに寄りつかず、男はガランとした部屋で、初めてセックスを知った。無我夢中で挑み、導かれるまま女の股に割り入り、射精した瞬間、痺《しび》れるような快感が全身を貫いた。世の中にこんな気持ちのいいことがあるのか、と思った。もう、女に、いや女の柔らかな身体に夢中だった。毎日、アパートへ通い、盛りのついたサルのように腰を振り続けた。女は、他にも関係のある男が数え切れないほどいたが、まったく気にならなかった。愛情も何もなかった。セックスの快楽だけがすべてだった。体力に任せて一日に何度も射精した。女は、男の思うままに身体を開き、要求に応《こた》えた。

だが、暴力とセックスの魔力に魅せられ、快楽に身を委《ゆだ》ね続ける男は、次第に不吉な夢想にとらえられるようになる。

〝おれはどうなるんだろう〟

　男は考えた。

〝おれが明日死んでも、これまでと同じように地球は回り、時間は流れていく。女とセックスして気に入らない奴をぶちのめし、カネをふんだくるおれは、いったい何のために生きているんだろう。生きている価値があるんだろうか？〟

　柄《がら》にもなく沈思した男の脳裏に、ふと浮かんだものがある。そうだ、キリスト様だ。キリスト様の教えの中に、何か答えがあるのかもしれない。あれほど熱心に学んだ聖書だもの、このおれを救ってくれるかもしれない、歯止めをかけてくれるかもしれない——キリスト教であれば、あの「エホバの証人」でなくてもいい。プロテスタントでもカソリックでも、なんでも良かった。ただ、無性に教会へ行ってみたかった。懺悔《ざんげ》というものをしたら、自分も変われるかもしれない。

　だが、この真面目な気持ちをワルの仲間たちに知られたら、笑われるに決まっている。みんな、ケンカが強い自分のことを恐れているのに、教会なんて通ったら、あっという間に立場は逆転してしまう。女々《めめ》しい奴だ、情けない野郎だ、とバカにされ、またあの悲惨なイジメられっ子に逆戻りだ。

男は放課後、公衆電話ボックスの電話帳で教会の場所を調べた。地元は避けて、いくつか当たりを付けた。仲間に見つからないよう、細心の注意を払って、ひとり訪ねてみた。

どの教会も、来る者は拒まず、の態度で快く迎えてくれた。しかし、男が「エホバの証人」を信仰していたことを知ると、露骨にイヤな顔をした。なかには「あれは異端の宗教です」と明言する神父や牧師さえいた。男は必死に反論したが、最後は決まって口論となり、椅子を蹴って教会を後にした。それでも、小岩《こいわ》と亀有《かめあり》の教会は「まずは日曜のミサに参加してみなさい」と誘ってくれたので、通うことにした。日曜日になると、ミサのほか、典礼講座や黙想会、それにバザーにも参加した。だが、何かが違うと感じた。あの、「エホバの証人」で体験した、鮮烈な感動がまったくといっていいほどなかった。聖書の教えを説かれても「どうして神に祈るだけで幸せになれるんだよ。幸せは祈りではなくて、カネだろう。おまえら、大人のくせして、そんな簡単なことも分かんないのかよ」と内心、毒づいている自分がいた。もう、昔の信仰心に篤《あつ》い小学生はどこにもいなかった。男は、自分が一八〇度、変わってしまったことに気づいた。次第に教会から足が遠のき、ついには行かなくなった。

中学三年になると、学校は高校受験一色になった。模試が何点だったとか、あの高校の倍率は上がりそうだとか、そんな話でもちきりだった。だがひとりだけ、まったく興味を示さない女子生徒がいた。特別美人ではないが、背が高く、朗《ほが》らかで、よく笑うコだった。丸みを帯びた顔に愛嬌《あいきょう》がある、その久美子《くみこ》という女の子は、勉強は嫌いだが、友達に会いたいから学校へ来ている感じだった。授業ははなから無視して、少女雑誌や芸能雑誌を読み耽《ふけ》り、友達同士で手紙のやりとりをしていた。教師に注意されると、「うっさいなー、関係ないだろ、ほっとけよ」と言い放ち、背を向けた。

勉強にはまったく興味がない反面、着るものや髪形にはこだわり、おしゃれで有名だった。酒もタバコもやり、少し不良がかっていたが、暴力沙汰《ざた》や恐喝に手を染める本物のワルというわけではなかった。

久美子は高校進学を拒否していた。親を交えた三者面談の席で、教師が「このままだと、どの高校も合格どころか、受験もさせてもらえないよ」と諭すと、「行かないからいいです」と答えていた。

男は、そんな久美子と妙にウマが合った。ガリ勉の同級生たちを「ダッセーやつら」とバカにし、口うるさい教師は「安月給の地方公務員の分際でえらそうなんだよ」と見下し、ケラケラ笑った。

だが、男には久美子ほどつっぱり通す気もなかった。ひと並みに学習塾も通っていたし、野球が強くて大学進学率も悪くない中程度の普通高校を志望していた。男は、周囲の声に惑わされることなく自分の意志を通す久美子に、内心、尊敬にも似た気持ちを抱いていた。

そんなある日の放課後、久美子の友達から「ちょっと話があるから」と、意味ありげな口調で呼び出された。廊下に出てみると、久美子がいた。バカ話に興《きょう》じているいつもと違い、何やら思い詰めた表情だった。

「ねえ……」

「なんだよ」

「マジメに付き合ってくれないかな」

ドキッとした。女友達としか思っていなかったから、何と答えていいのか分からなかった。とりあえず「ああ、いいよ」と言ったが、真剣な交際は面倒臭かった。それより、シンナーでラリッた女とのセックスのほうがずっと魅力的だった。

久美子から「映画に連れてって」「買い物に付き合って」と言われるたびに、辟《へき》易《えき》した。不良仲間や先輩から誘われれば、迷わずそっちを優先した。女は厄介だ、セックスだけありゃあいいんだよ、と心の中で罵《ののし》った。

しばらく放っておいたら、男の気持ちを察したのか、声を掛けてこなくなった。せいせいした。だが、週末のある日、久美子から電話が入る。「うちの家族、みんな田舎に帰ったから、今晩、家にはだれもいないんだ」淋《さび》しそうな声だった。

「ねえ、夜、ひとりになるの、怖いよ。一緒にいてよ」

男はその夜、久美子を抱いた。

いったん関係が出来てしまえば、セックスフレンドの女にはウソのように興味がなくなった。自分だけの彼女がいるんだ、と思うと、久美子がたまらなくいとおしくなった。

高校受験は大失敗だった。野球強豪校の日大一高と岩倉高校を志望するが、不合格。結局、祖父の援助を得て都内中野《なかの》区にある私立高校へ進むことになった。

アパートを経営する石田夫妻は、母親の良子から、長男は野球の強豪高校へ進学した、と聞いた。入学式の朝、長男が訪ねてきた。真新しい紺のブレザーにグレーのズボン、それに真っ白なワイシャツを着込み、手には、臙脂《えんじ》のネクタイを持っている。高校の制服だった。

「おじさん、ネクタイの結び方が分からないので教えてください」

隆は応接間に通し、丁寧に結んでやった。父親になったような気分だった。ネクタイをきりりと結んだ長男は、背も高く、肩幅があり、ほれぼれするほど立派だった。母の手ひとつで育て上げた月日を思い、目頭が熱くなった。将来が楽しみでならなかった。

その後、小さな事件があった。一階の若夫婦と二階の長男の間で引き起こされたトラブルだ。水商売に従事する若い夫が二階の物音がうるさい、と注意したところ、長男が窓から顔を出し、下に向かってツバを吐きかけたのだという。若夫婦には生まれたばかりの赤ん坊がいた。加えて、二つの家庭は生活の時間帯が異なるし、若い夫には神経質なところがある。行き違いが招いた、些細《ささい》なトラブルだと思っていた。それでも良子は、「長男が騒ぎを起こして申し訳ありません」と、こちらが恐縮するくらい、頭を下げ続けた。その年の一二月、一家は転居していった。

良子は、「子供が大きくなったので、もうひと部屋欲しいんです」と、転居の理由を語った。そして、ポツリとこう付け加えた。

「長男はもう、男ですからねえ」

夫婦は、一抹の寂しさを感じたが、思春期の男の子が二人もいるのだから、それも当然だろう、と納得した。あの家族なら、今後何があっても大丈夫、そんな確信にも似た気持ちがあった。新居は、青砥駅前の大通りを三〇〇メートルほど歩いた、マンションの五階にあった。石田夫婦のアパートからは約一キロほど離れていた。文江は一度、駅前のスーパーマーケットで仕事帰りの良子を見かけたことがある。声を掛けると「あら」と笑顔をみせた。「おかげさまで、長男にも部屋を持たせることができました」と、嬉しそうに語った。

文江は、一家が着実に幸せに向かって歩いていることを知り、安堵《あんど》した。

男は、高校に入学はしたものの、その学業レベルの低さにウンザリした。「おれは、もっといい高校に入れたはずだ」と思うと、悔しくて仕方なかった。惰性だけで通う高校は面白いはずがなく、生活は荒れる一方だった。

石田夫妻の経営するアパート周辺では極力、トラブルを避けていたが、ある日、一階に住むスナック店員の若い男が「うるさい！」と怒鳴ったときは頭にきて、窓からツバを吐きかけてやった。後日、また文句を言ってくると、今度は腰を突き出し、ズボンのジッパーを下ろして小便をひっかけた。若い男は、怒気《どき》で顔を真っ赤にして、階段を駆け上がって来た。思うツボだった。男は金属バットを握り、凄《すご》んだ。

「ゴチャゴチャぬかすと、テメエ、殺すぞ」

若い男は震え上がり、以後、文句は言ってこなくなった。

高校一年のときはクラス委員を務め、成績も上位をキープするが、地元では相変わらずのケンカ三昧《ざんまい》で、折りたたみ式のナイフも常時携帯するようになる。一応、野球部に入部したものの、グラウンドは八王子《はちおうじ》にあり、「そんな遠いとこまで行けるか」と、あっさり退部した。

家庭内暴力も酷《ひど》くなり、口うるさい母親を長時間、正座させ、弟は「口の利き方がなっていない」と、殴り飛ばした。

一家は男が高校一年の冬、三年間を過ごした二DKのアパートを引き払った。転居先のマンションは部屋が一つ増えた三DKの間取り。長男に個室を与えれば、家庭内暴力も収まるはず、そんな良子の願いがあった。だが、結果は裏目に出た。自分の城を持ったことで妙な自信を持ち、暴力はさらにエスカレートした。息子をたしなめる母親を逆に突き飛ばし、土下座をさせ、こう言い放った。

「女はな、誰か頭を押さえ付けるヤツがいないとつけ上がってダメなんだよ」

　高校へ進学せず、スーパーのレジ打ちやコンビニの店員など、気楽なバイト生活を送っていた久美子との交際も復活した。ロック熱が高じて、ギターの練習も始めた。馴染《なじ》みの楽器ショップで〝バンドメンバー募集〟のビラを見て見ず知らずのロック少年たちと連絡を取り合い、男がリードギターを務めるロックバンドも結成した。貸スタジオで練習するときは、久美子も一緒だった。久美子は、男のギタープレイにうっとりとした表情で見入っていた。

　二年に進級すると「こんな程度の低い高校では大学に進めない」と欠席がちになり、繁華街を徘徊《はいかい》してはケンカの毎日を送った。尻拭《しりぬぐ》いは良子の役目だった。ケガをした相手の家へ行き、頭を下げ、治療費、見舞い金を払った。高校から自宅謹慎を言い渡されると、これ幸いとばかりに家を抜け出し、久美子と遊び回った。

　祖父はこのころになると、一切の援助を断ち切っていた。良子が離婚した小塚俊男と会っていることを知り、激怒したのだ。

「カネを出せば、またあのろくでなしに渡るだけだ」

　祖父は娘婿を蛇蝎《だかつ》のごとく嫌っていた。

　結局、暴力沙汰を繰り返しながらも、反省の色を見せない男は二年生に進級して二カ月後の五月三一日付け（八九年）で自主退学している。

男に、将来の展望など何もなかった。久美子は、高校を辞めた恋人に、「いつも一緒にいようね」と甘え、無邪気に喜んだ。その言葉に従ったわけではないが、二人で毎日酒を飲み、ライブハウスに行き、夜を徹して遊びまくった。久美子と共有する時間が楽しくて仕方なかった。朝になると、親が仕事に出る時間を見計らってどちらかの家に入り込み、泥のように眠った。夕方になると、また街に繰り出した。カネが尽きたら二人でバイトに励み、親の財布からカネを抜き取って遊ぶ。その繰り返しだった。

夏になると、湘南《しょうなん》や三浦《みうら》海岸へ泳ぎに行った。三浦海岸は、青砥の駅から京成電車一本で行けるから、とくに気に入っていた。冷房の効いた電車がコンクリートの街を抜け、海に近づくにつれ、窓の外は輝きを増し、潮の香りが満ちてくる。気持ちが浮き立った。二人で一緒にいる喜びを嚙み締めた。久美子は、求めるだけのものを与えてくれる、最高の女だった。一日として一緒にいない日はなかった。二人抱き合い、肌をぴったり合わせていると、久美子の温《ぬく》もりが伝わってきて、これまで味わったことのない幸福感に包まれた。この楽しい日々が永遠に続くと信じていた。

だが、二人の蜜月《みつげつ》は呆気《あっけ》なく終わりを迎える。秋の気配が漂い始めたある日、久美子の父親が男の一家の住むマンションに怒鳴り込んできた。

「あんたとこの息子にたぶらかされて、うちの娘はワルくなったんだ!」

こめかみに青筋を立てて、良子にまくし立てた。

「警察に訴えてやるからな」

良子も負けてはいなかった。

「うちのほうが被害者よ、おたくの娘こそ近づけないでちょうだい!」

双方で罵り、怒鳴りあい、収拾がつかなくなった。こんな騒動が幾度となく繰り広げられた。しまいには、罵倒《ばとう》するエネルギーが尽きたのか、それともバカらしくなったのか、親同士が協力して別れさせることになった。だが、男は鼻で笑った。あの久美子がおれと別れるだと? 死ぬまでそんなこと、あるはずないじゃないか。

男は親たちの反対を、まったく意に介《かい》していなかった。実際、久美子は父親に対して、「真剣に付き合っている」「あのひとはそんな悪いひとじゃない」と、必死に弁明していた。

だが、事態は思わぬ方向へと転がっていく。父親の度重なる説得に根負けしたのか、やがて久美子は男を遠ざけるようになり、ついには呼び出しても無視するようになった。

久美子がおれを裏切るだと？――男は激怒し、我を忘れた。自宅へ押しかけ、家人を脅し、「久美子を出せ！」と怒鳴った。

男のあまりの見幕《けんまく》に脅《おび》えた家族は、久美子を東北の親戚《しんせき》の家に預けた。男は父親を脅迫し、「久美子を連れて来い！」と迫った。これが警察沙汰になってしまう。ナイフを持っていたため、軽犯罪法違反に問われ、家庭裁判所へ送致となった。二人の仲は、終わった。

久美子が去り、心を許した恋人を失った男は、祖父の経営する鰻屋で働くようになる。しかし、真剣に将来を考えた末の決断ではなかった。祖父の猛烈な働きっぷりに、「仕事ってそんなに面白いものなのか」と、興味を覚えたに過ぎない。

早朝から深夜まで、仕事はきつかったが、居心地は良かった。仕事仲間に不良崩れが多く、話が合ったのだ。頑固で仕事一筋の祖父は、人情家としても知られ、付き合いのある信用金庫職員や商工会の関係者から「面倒みてください」と頼まれると、どんなワルでも引き受けていた。店には、鑑別所や少年院から出てきたばかりの筋金入りのワルが多数働いていた。パンチパーマに剃《そ》り込みを入れた現役の暴走族も、ヤクザの事務所に出入りしているチンピラもいた。

この面々のなかに入ると、高校中退の学歴を持つ男など、まっとうないい家の坊っちゃんに過ぎなかった。昼飯の時間、弁当を食いながら先輩たちから悪事のノウハウを習った。それは、頭が痺れるようなワルの講習会だった。長距離トラックの荷抜きのやり方、自動販売機からカネを盗むテクニック、盗んできたバイクの転売先、高価な輸入アルミホイールとタイヤの外し方と買い取り先、変造プレートを請け負う板金工の紹介、シンナーの売人の連絡先等々。この〝プロ〟の知識を利用して、男も結構な小遣い稼ぎをさせてもらった。

本物のケンカのやり方も習った。やるからには、相手を徹底してぶちのめせ、ナイフでもビール瓶でも何でもいいから使って、こっちの顔も見たくなくなるくらい痛めつけないと、必ず復讐《ふくしゅう》される、と。目から鱗《うろこ》が落ちる気がした。腕力に任せた素手のケンカなど、子供の自己満足に過ぎない、と悟った。

一度、店のワゴン車でウナギの配達に向かう途中、揉《も》めたことがある。商店街の狭い道で、前を行くセダンが時速一〇キロくらいでゆっくり進んでいる。助手席の人間が、地図を取り出し、キョロキョロと周囲を見回している。〝なに、トロトロ走ってんだよ！〟クラクションを鳴らした。だが、シカトしたままだ。〝左に寄って停車したら、通れるじゃないか〟バックミラーに目をやると、背後にはクルマが数珠《じゅず》つなぎになっている。〝あいつら、他人《ひと》に迷惑かけて、なんとも思わないのかよ〞自分の日頃の行いはきれいさっぱり棚に上げ、腹が立って仕方がなかった。

再度、クラクションを叩く。そのとき、助手席の男が窓を開け、怒鳴った。「うるせえ！」瞬間、男の神経がブチッと切れた。運転席を飛び出した。前のクルマも停車した。運転席と助手席から二人、さらに後部座席のドアが開いて二人、ひと目でワルと分かる四人の男が、こっちを睨《ね》めつけながら出てきた。揃ってアホ面にニヤけた笑みを浮かべている。〝バカにしやがって〞

男は怒りと屈辱で、身体が震えた。だが、四対一では勝ち目はない。奥歯が軋《きし》んだ。ワゴン車を置いたまま鰻屋に走って戻り、焼き場に飛び込んだ。何か武器は――あった。焼き台で使う鉄筋。長さ一一〇センチほどの凶器――。素早く摑むや、現場にとって返した。「ぶっ殺してやる！」

両手に握った鉄筋を、バットのようにブンブン振り回しながら突進した。呆気にとられる男たち。鈍《にぶ》い音がして、一人が崩れ落ちた。残りの三人は、すっかり戦闘意欲を削《そ》がれ、後ずさっている。

通報で駆けつけたパトカーに乗せられ、警察に連れていかれた。罪の意識はまったくなかった。それより、四人を相手に一歩も引かず、圧倒した自分に酔い痴《し》れていた。

店の仕事仲間ともやりあった。ユウイチという従業員がいた。男より三つ年上で、中学卒業後、少年院も鑑別所も経験せず就職してきた、この店の従業員にしては珍しくまともな経歴の持ち主だった。店持ちで自動車免許を取得し、ワゴン車を運転して、出前の配達をしていた。従業員のなかでは最も年齢が近いこともあり、よく話をした。ユウイチは、補導歴こそないものの、根はツッパリのケンカ好きだった。あるとき、些細なことから口論になり、男にちょっかいをかけてきた。「おれのほうがテメエより強いんだよ、バーカ」カチンときた。下手《したて》に出ればつけあがりやがって――

店の裏庭に呼び出し、凄んだ。「おれを嘗《な》めるとこうなるんだよ」隠し持っていたスパナを素早く抜き出し、振り上げた。ユウイチの顔が恐怖に歪んでいる。気持ちよかった。気分がスーッとした。そのまま思い切り殴った。ガツン、と鈍い音がした。ユウイチは木偶《でく》のように倒れ込み、頭を両手で押さえて悲鳴を上げた。指の間から鮮血が流れている。

ユウイチはこの日を境に店に来なくなった。

祖父は、孫の将来を憂えた。「おまえは顔も声も、小塚にそっくりになってきた。ほっといたら、おまえもああなっちまうぞ」

祖父の小言など、まったく意に介さなかった。「うるせえよ」男はせせら笑った。結局、鰻屋は半年ほどで辞めている。「仕事はきついだけで全然おもしろくなかった」というのが理由だ。

鰻屋を辞めた男はギタースクールに通い、バンドの練習とアルバイトに明け暮れた。鰻屋でこき使われるより、ファッションヘルスの店員や、ラブホテルのルームボーイなど、繁華街のバイトのほうがずっとラクで稼ぎもよかった。

バンド仲間や貸スタジオで知り合った連中と、クスリにもはまった。男にとっての神様、ジミ・ヘンドリックスも、エリック・クラプトンも、その他、ロックのスーパースターは全員、クスリと共に生きていた。〝音楽で成功するには、ドラッグが必須《ひっす》アイテム〟と信じていた。ギターの腕が及ばないのなら、せめてライフスタイルだけでも真似をしてみたかった。

ハルシオンを五錠飲むと、ガクンと脱力して歩けなくなった。ブロンの一気飲みは、身体が宙に浮いているような浮遊感があった。LSDは桁外《けたはず》れだった。透明なはずの空気がはっきりと見え、時間の流れが止まっているように感じた。自分が無敵になった気がして、何も怖くなくなった。しかし、トイレに入ると便器の穴に吸い込まれそうで、怖くてたまらなかった。クスリが切れると、どっと疲れが襲ってきて、一日中寝ていることもあった。

ワルの仲間も、凄い連中が集まってきた。中学からほとんど学校へ行かず、街で悪事ばかり働いている、末はヤクザか刑務所か、という少年ばかりだ。敵対するチームのメンバーの家に夜中、灯油を撒《ま》いて回り、片っ端から火を点《つ》ける奴とか、自分の女をピンサロに売り飛ばし、昼間からパチンコ三昧、土日になると競馬三昧のろくでなしとか。なかには、覚醒剤《かくせいざい》の打ち過ぎで精神病院にぶち込まれ、それでも逃げ出して、よだれを垂らしながら街をフラフラしている、ヤク中もいた。

そいつらは、家庭内暴力もハンパじゃなかった。何が気に食わないのか、両親や妹を木刀で殴り倒して、歯を全部折り、顎《あご》を粉々に砕いた少年は、恐れをなした家族が揃って逃げ出してしまうと、父親の職場に押しかけて暴れ回った。父親は仕事を失い、家族は路頭に迷ったが、その少年は、いささかの痛痒《つうよう》も感じていなかった。

こういう荒《すさ》んだ連中に比べれば、自分はまだずっとましだと思っていた。男が暴力沙汰を起こすたびに良子は嘆いたが、「この程度でガタガタ抜かすんじゃねえよ」と、逆に怒鳴りつけた。母親と弟は、男のうっぷん晴らしの道具だった。殴る蹴るの暴力は相変わらず続いた。しかし、男は親子三人の暮らしにも飽き始めていた。

九一年三月、男は家を出て、千葉県船橋市のアパートで一人暮らしを始める。自宅マンションから一〇キロほど離れたそのアパートの入居費用は、すべて良子が出した。家庭内暴力に悩まされていた良子はほっと胸を撫《な》で下ろした。

男の新居は、JR総武本線下総中山《しもうさなかやま》駅から徒歩五分、京成電鉄線の京成中山駅からも徒歩七分の閑静な住宅地の中にあった。白いペンキの匂いが漂う、二階建ての新築アパートは一階二階にそれぞれ五室ずつあり、男の部屋は二階の向かって右から三番目。六畳に四畳半の二DK。家賃は七万円。鉄製の頑丈な外階段を昇ると、二階外廊下は緑色のラバーで覆われ、キュッキュッと鳴る足音が気持ちよかった。ロックはナンバー錠。二階廊下の外側には磨《す》りガラスがはめ込まれ、隣接する民家の視線を遮断していた。しかもアパートの敷地には、広々としたコンクリート床の駐車場まである。男は、この新しくてプライバシーにも配慮の行き届いたアパートがとても気に入っていた。

自分の城を手に入れた男は、二カ月後の五月、今度は四〇〇万円近くする国産の高級車、クラウンロイヤルサルーンを自らローンを組んで購入した。四年間の四八回払い。頭金五〇万円は、それまで乗っていた四〇〇CCのバイクを売り払い、バイトで貯めたカネを加えてつくった。月々の支払いが五万円、ボーナス月はさらに一一万円。ローンの支払いが遅れると、良子が払ってくれた。

トランクには、常に鉄筋が三、四本入れてあった。あの、四人を相手に振り回し、震え上がらせた鉄筋である。テープでグルグル巻いた柄を持ち、野球のバットを振る要領で思い切り殴ると、ケンカ相手は一発で戦意喪失となった。

だが、苛々《いらいら》は募るばかりだった。腹の底で、どろりとしたマグマがぬたうってい た。制御できない暴力と、荒んだ不安定な生活。年齢を重ねるごとに、性格も顔も、父親の小塚俊男とそっくりになっていく。それが気に食わなかった。あれだけ憎み、嫌った父親の血が流れている、そう思うだけでどす黒い怒りが湧き上がった。なにもかもぶち壊してやりたかった。

時々、母親のマンションで俊男と出くわすことがあった。決まって口論になった。妻と次男に酷《ひど》い暴力を振るい、悪の道をひた走る長男を俊男は厳しくたしなめたが、もう言葉の通じる相手ではなかった。

「おれはもう、あんたに苛《いじ》められていた小学生じゃない。あんたより、おれの方がずっと強いんだよ」

男は憎悪をたぎらせて反発し、しまいには俊男と壮絶な殴り合いになった。男が包丁を持ち出して暴れ、救急車が駆けつけたこともある。

良子は、荒れ狂う息子を、震えおののきながら、ただ見つめているしかなかった。

体格が良く、目付きの鋭い男は、ワルのフェロモンを全身から漂わせて女にモテた。美容師やフリーターの女性との同棲《どうせい》も経験した。しかし、いずれも一〜二カ月で別れている。男の暴力が原因だった。セックスは好きだが、クンニリングスなどのオーラルセックスは苦手だった。女性の陰部が汚く思えて仕方がなかった。同じ女性と一〇回以上寝ないと、オーラルはできなかった。自分は、便所のあと手も洗わない無神経で不潔な父親とは正反対の、まっとうな清潔好きだと自負していた。セックスの際、暴力を振るうようなサディスティックな性的嗜好《しこう》はなかったが、日常生活の中では、ごく些細なことで殴る蹴るの折檻《せっかん》を加えた。とくに、自分のバッグや装身具など、大事にしている持ち物に触《さわ》られるのが身震いするほど嫌だった。それが原因で、同棲相手の女を殴り倒したこともある。この先、女を心から愛することなど、とてもできそうもなかった。

だが、一八歳になって三カ月後の九一年四月、男は、後に結婚することになる女性と出会っている。場所は千葉県市川市内のフィリピンパブ。鰻屋の従業員たちに連れられて行った店だった。エリザベスという名のホステスで、フィリピンの首都マニラ出身の、いわゆるジャパユキさんだった。年齢は男より三つ年上の二一歳。

両親が中国系で、肌が白く、外見は日本人と見分けがつかなかった。身長一五五センチ、体重四三キロ。手足が長くスレンダーな身体と、目元が涼やかな美しい顔立ちで、店でも一、二を争う人気ホステスだった。

エリザベスは、最初から男のことを意識しているようだった。隣の席に座り、終始笑みを浮かべ、しなやかな白い指を絡ませてくる。二度、三度と通ううちに、英語と日本語を交じえて、親しく話すようになった。エリザベスは、大学を中退して日本に来たばかり、と語った。幼い妹や弟がいるから、生活費と学費を稼いで送る必要がある、とも。そして、自分も姉が日本で働いたおカネで大学に入学し通っていたが、これ以上迷惑をかけるのはイヤなので、中退して日本に渡ってきたと、身の上を話してくれた。

男はビールを喉に流し込みながら、気のない相槌《あいづち》を打ち続けた。内心〝ホントかよ〟と思っていた。自分の気を引きたいがために、口から出まかせを言っているに違いない、どうせ、日本の男をたらし込んで、カネを引き出したいんだろ、そんな手にはのらねえぞ、と嗤《わら》った。エリザベスの言葉は、営業用の作り話にしか聞こえなかった。

そのうち、真っ赤なルージュを塗った唇が耳元に寄せられ、甘い声で囁《ささや》くようになった。

「あなたのこと、好きよ」

〝おいおい、マジかよ〟男は女というものをまったく信用していなかった。自分を裏切った久美子の苦い思い出が、男の心をねじ曲げていた。女はセックスの道具に過ぎず、それ以上でも以下でもなかった。

だが、エリザベスは、固く閉ざされた男の心の襞《ひだ》に、ゆっくりと、しかし確実に入り込んできた。時折、店外デートをするようになり、ホテルにも行った。昼間、パブへの出勤前に男のアパートを訪ねるようにもなった。エリザベスは台所に立ち、フィリピン料理を作ってくれた。ビネガーとココナッツを使った海老《えび》のスープや、イカスミとニンニクをたっぷり入れたイカの煮込み、それに豚の腸の揚げ物など、どれもスパイスを利かせた、濃厚で刺激的な味だった。冷えたビールによく合い、食が進んだ。

「リズ、おまえの料理、うまいよ」と褒めると、エリザベスは、とても喜んだ。

そのうち、エリザベスは結婚を口にするようになった。

「このままだと、滞在期限が切れて帰国しなければならない。一度、フィリピンへ帰ったら、なかなか戻ってこれない。たとえ日本に来れたとしても、同じ街に戻れるか分からない。あなたと別れたくないの」

男は、余裕で受け流した。

「おまえと結婚なんてできるわけねえだろ」

どうせ長期滞在が目的なんだ、籍だけ入れて、この日本で稼ぐだけ稼いでオサラバだろう、とエリザベスの魂胆《こんたん》をせせら笑った。おれはそんな間抜けじゃないぞ、と凄むと、エリザベスは毅然《きぜん》とした口調で返した。

「だったら試してみて。わたしはこの愛が本物だと、一生を賭《か》けて証明してみせるから」「せめてチャンスをください。でないと諦《あきら》め切れない」

エリザベスの、必死の懇願は続いた。切々と自分の気持ちを綴《つづ》った手紙も届くようになった。少しでも時間がとれると、アパートへやってきて掃除、洗濯をし、料理を作り、エリザベスはプライベートな時間のすべてを、男と共に過ごした。ことある毎に「結婚しましょう」「ずっと一緒にいたい」「あなたが生きて、ここにいてくれるだけで幸せなの」「わたしたちが出会ったのは運命なのよ」と囁き続けた。聞いているこっちが気恥ずかしくなるようなセリフを、エリザベスは連発した。だが、黒い大きな瞳《ひとみ》でじっと見つめられ、囁かれると、くさいセリフも映画のワンシーンのように感じられた。男は次第に軟化した。「リズは料理も掃除も得意だし、なにより自分に尽くしてくれる。一緒に生活したら楽しいかもな」

男は、とりあえず結婚をしてみることにした。母親の良子に、結婚を考えている女がいる、と告げ、エリザベスのことを話した。すると、良子は目を吊り上げてまくしたてた。曰《いわ》く、利用されているだけだ、目を覚まして日本人と結婚しろ、アメリカやヨーロッパの白人なら反対しない、フィリピーナは絶対ダメ。

人種差別的なことまで言われて、男は激怒した。

「おれが決めたんだ、ガタガタ抜かすな！」

しまいには父親の小塚俊男までやってきて説得した。しかし、火に油を注ぐだけだった。自分が選んだ女性を、まだ会いもしないうちから全否定されて、男は爆発した。いつものように父親と壮絶な殴り合いになった。

結局、家族との話し合いは決裂し、ひとりで結婚の手続きをすることにした。もともと祝福されるなどと思っていない、これからはリズと共に生きていくまでだ。腹の底で両親への憎悪を燃やした。

いったん結婚相手に決めてしまえば、エリザベスはそこらを歩いている日本人の若い女よりずっと美人だし、スタイルも抜群にいい。第一、華がある。大学に在籍していただけあって、教養はあるし、政治経済についても、高校中退で新聞は競馬新聞しか読まず、ケンカと恐喝ばかりしている自分よりずっと詳しかった。エリザベスと一緒にいるだけで、これまで感じたことのない、爽快《そうかい》で充実した気分になった。

クラウンのダッシュボードにエリザベスの写真を貼り、アパートでは英字新聞もとってやった。男は、いつの間にか、この二一歳のフィリピン女性にほれ込んでいた。

その年の秋、二人はフィリピンへ渡った。エリザベスの家族への挨拶と、結婚の手続きのためだ。まずエリザベスが一〇月九日、先に帰国した。タレントの名目で入国していたエリザベスの、就労ビザ（六カ月間）満了の日である。

男がマニラへ向かったのはその一〇日後だった。初めての海外旅行だった。成田空港を飛び立ち、到着するまでの四時間三〇分、男は不安でならなかった。エリザベスと二人、結婚話で盛り上がっているうちは良かったが、いざ相手の家族に会うとなると、柄にもなく緊張した。果たして一八歳の、定職もないこの自分を結婚相手として認めてくれるのだろうか？

だが、すべては杞憂《きゆう》に終わった。マニラ国際空港に到着して入国審査を終え、荷物のチェックを済ませて外へ出ると、エリザベスが待っていた。輝くような笑顔が眩《まぶ》しかった。その横には、家族とおぼしき男女数人がいる。みんな、柔らかな笑みを浮かべて迎えてくれた。タガログ語と英語を交え、口々に喋りかけてくる。何を言っているか分からなかったが、歓迎されていることだけは確かだった。男も笑顔で応えた。身体の強《こわ》ばりが抜けて、ホッとした。

日本はもう秋だが、マニラの太陽はギラギラと照りつけ、辺りはうだるような暑気に満ちていた。立っているだけで毛穴が開き、汗が噴き出してくる。男は、異郷を実感した。

空港からはエリザベスの兄のクルマに乗った。といっても自家用車ではなく、ジプニーと呼ばれる乗合バスだ。米軍のトラックを改造した、一五人乗りの小型バスで、赤や黄色の原色のペイントときらびやかな電飾が施され、男はそのド派手な外装に、ただ目を丸くするだけだった。兄は、このジプニーの雇われ運転手ということだった。

しかし、驚くのはまだ早かった。メトロ・マニラ（マニラ首都圏）へ出ると、渋滞に巻き込まれ、じきにジプニーは動かなくなった。それでも、後から後からクルマが突っ込んでくる。けたたましいクラクションと怒声。僅《わず》かでも透き間があれば強引に割り込み、一センチでも先に進もうとする。急発進に急停車、信号無視、何でもありだった。渋滞を抜けると、物凄いスピードでぶっ飛ばし、ウインカーを出すことなく急な右折左折を繰り返し、接触すれすれに突っ走る。男も、運転の荒っぽさには自信があったが、マニラのドライバーはその比ではなかった。まるで街全体のクルマがカーチェイスを繰り広げているようなド迫力だった。しかも、クルマの多くはボディがへっこみ、バンパーが取れ、歴戦の傷を晒《さら》して勇ましく走り回っていた。

〝おれもここなら優良ドライバーだな〟男は街の活気が無性に楽しかった。

マニラの中心部は高層ビルが建ち並び、小ぎれいなスーツ姿のビジネスマンが闊《かっ》歩《ぽ》し、東京と変わらなかった。だが、一歩裏に入るとバラック小屋が密集するスラムがあり、そこでは小さな子供たちが垢《あか》に塗《まみ》れて物乞《ものご》いをしていた。マニラには、残酷なまでの貧富の差がいたるところにあった。

ホテルにチェックインする前に、エリザベスの実家を訪ねることになった。どんな家だろう。少しワクワクした。マニラ湾沿いに北へ向かって上下八車線の広い海岸道路を走る。背の高い街路樹が生い茂り、ところどころアイスキャンディ売りの露店が出ている。クルマこそひしめきあっているものの、渋滞はなく、快適なドライブが続いた。右手に緑したたる広大な公園が広がり、その先に大きな河が流れている。長さ三〇〇メートルほどの橋を渡ると、辺りは一変した。

両側に広がる光景を見て、男は息を呑んだ。軒を接して、バラック小屋が無数に続いていた。見渡すかぎりスラムが広がっている。ジプニーが走る海岸道路はアスファルトが途切れ、土煙の舞う凸凹《でこぼこ》の路面が続き、そこを産業廃棄物やゴミを山と積み込んだ大型トラックが疾走していた。

さっき見たスラムなど、ここに比べれば普通の住宅地だった。軒先には、薄汚れた大人たちが何をするでもなくうずくまっている。

そこは、東南アジア最大のスラム、といわれるトンド地区だった。

トンドの北方には、腐った臭いのするドブ河を挟んで、スモーキーマウンテンと呼ばれる巨大なゴミの山が聳《そび》えていた。それを見たとき、男は自分の目を疑った。ゴミ山の上に無数の小屋を建てて人間が住み着き、子供も大人も、バケツ片手に、必死になって金目のものを探していた。「スゲエとこだな」思わず声が出ていた。スモーキーマウンテンの名の通り、山のあちこちから湧き出すメタンガスが赤く燃えて白煙が昇り、トンド地区全体に、白くたなびく煙を漂わせていた。

エリザベスの家は、海岸通りを右に折れ、小さな路地を入った所にあった。ひと一人がやっと通れそうな路地が縦横に走り、まるで迷路のようだった。しかし、近くには果物や魚、肉が山と積まれた市場もあり、海岸通り沿いのスラムと違って、活気があった。どうも、海に近いほど、貧しい地域となっているようだ。しかし、エリザベスの家も掘っ建て小屋同然で、男は少なからぬショックを受けた。

家にはエリザベスの母親がいた。小太りの、笑顔の優しい初老の女性だった。心臓が悪いとかで、しょっちゅうクスリを飲んでいたが、何かと話しかけ、とても愛想が良かった。近所の住人たちが、続々とやってきて、若い日本人の夫を見物していく。男も愛想笑いで応えた。

日本にいるときの自分は病的な清潔好きで、部屋に埃《ほこり》が少しでもあると我慢できず、母親や弟に怒鳴り散らして掃除をさせていた。だから、こんなバラック小屋がひしめく汚いスラム街は絶対我慢できないはずなのに、いったいどうしたんだろう。いまはまったく気にならない。のんびりとリラックスしている自分が不思議だった。その後、カラオケスナックを借り切ってのウェルカムパーティもあり、ここでエリザベスの親類縁者十数人を紹介された。酒が入り、唄が始まった。だが、男はマイクを握らなかった。カラオケは苦手だ。その分、笑顔を振り撒き、拍手をし、場を盛り上げた。タガログ語や英語の唄は、意味は分からなかったが、聴いていてとても心地良かった。

翌朝から、結婚の準備に走り回った。まずは日本領事館だ。メトロ・マニラはマニラ市をはじめ、一七の行政地域（市や町）で構成されており、日本領事館はマニラ市の南隣、マカティ市にあった。白い塀《へい》に囲まれた領事館の前には、既に一〇〇メートル近い行列が出来ていた。ほとんどが若いフィリピーナで、日本人との結婚の手続きが目的だという。中には明らかに日本人と分かる男性も交じっていて、目が合うと決まって照れ臭そうに横を向く。

面倒な書類を本人に代わって作成してくれる代書屋の店舗が一〇軒ほど、並んでいた。領事館の窓口にパスポートや住民票、戸籍謄本等を提出し、現地での結婚に必要な書類取得の手続きをした。次いで、エリザベスの戸籍のあるマニラ市役所へ行き、必要な書類を出してもらった。

その後も領事館や市役所へ通う日々を送り、マニラ市役所で二人揃って結婚の宣誓をしたのが一〇月二五日。日本領事館に結婚の書類を届けたのが一〇月三〇日だった。さらにエリザベスが洗礼を受けたカソリックの教会で講習を受け、結婚式の日取りを決める必要もあった。マニラでささやかな結婚式を挙げ、晴れて夫婦になったのは、一一月に入ってからである。

男は、はるかマニラまでやってきて、結婚の準備に飛び回り、煩雑な手続きを最後までやり通した自分が、不思議でならなかった。日本でならとっくにブチ切れて、周囲の人間を殴り倒し、ご破算になっていたと思う。だいたい、こんな面倒なこと、はなっから手を出さなかったはずだ。エリザベスを愛しているからか？　それもある。これまでの人生で、自分を必要としてくれる女性はいなかった。死ぬまで一緒だと信じたあの久美子だって裏切り、離れていった。しかし、エリザベスは違う。頼られている、期待されている、と思うと、それを裏切るわけにはいかなかった。だが、それだけじゃない。もっともっと大きな理由がある。親の目がないことだ。世間体ばかり気にして、いちいち口を出す母親と父親さえいなければ、ちゃんと自分で考え、行動できるんだ。男は、日本を遠く離れたこのフィリピンで結婚の手続きをやり通したことが得意でならなかった。

エリザベスと夫婦になった男は、まともな人間に生まれ変わった気がした。気分が晴れ晴れした。日本に帰っても、エリザベスと一緒ならなんとかやっていける、と思った。

だが、二人で過ごした日本の新婚生活は三カ月にも満たなかった。

年が明け、翌九二年一月、エリザベスの妊娠が判明した。エリザベスは、言葉が通じにくい日本の産婦人科を嫌がり、マニラの母親のもとで産みたい、と訴えた。

男は了承し、エリザベスは一月二六日、フィリピンへ帰っていった。妊娠四カ月目に入っていた。その四日後、男は一九歳になった。

これまで四六時中、顔を突き合わせ、一緒に過ごした女がいなくなって、男が考えたことはひとつ。新しい女を引っ張り込むことだった。ひとりになると、途端に鬱屈《うっくつ》してしまう自分がいる。なにもかもが面白くなかった。

一九歳になって一週間後の二月六日、男は市川市内の、エリザベスが在籍していた店とは違うフィリピンパブへ行き、ホステスを連れ出している。そのまま店には無断で二晩自宅アパートに泊め、二月八日、ホステスが泣きながら店に帰ると、大騒ぎになった。怒り狂った店の関係者がヤクザに〝落とし前〟を依頼し、以後、男は追われることになる。歯車はギリッと惨劇に向かって動き出した。この後、男の暴力はエスカレートし、まるでタガが外れたように陰惨《いんさん》な犯罪に手を染めていく。

三日後の二月一一日午前四時。男は東京・高円寺《こうえんじ》に住むバンド仲間のアパートからクラウンを飛ばして帰る途中、ふいに身体の芯《しん》が火照《ほて》るのを感じた。フロントガラスの向こう、街灯の下に朧《おぼろ》に浮かぶ人影。歩道を歩くひとりの女。男はゆっくりとクラウンを停めた。ＪＲ中野駅に近い一角だった。駅の反対側には通っていた高校があり、寄り道して散々遊んだ街だから土地勘はあった。路地も裏道も熟知している。街灯が鈍く光っているだけで、他に人気《ひとけ》はない。ハイヒールの音が、夜明け前の静まりかえった街に響く。

男はそっとクラウンを降りた。真夜中の凍った冷気が肌を刺す。ブルッと身震いをすると、足早に女性に近づいた。惨劇は、何の前触れもなく始まった。背後からいきなり髪を摑んで引きずり倒すと、そのまま頭をアスファルトに叩きつける。突然の暴力に、女性は悲鳴を上げる暇もなかった。グシャッという鈍い音と共に鮮血が飛び散った。男は構わず、何度も何度も叩きつけた。凶々《まがまが》しい衝動が全身を突き抜けた。女の鼻がグニャッと曲がり、折れている。それでも止《とど》まらず、今度は拳を固め、鼻血塗《まみ》れの顔面を容赦なく殴りつけた。股間が猛《たけ》った。

ぐったりした女の血塗れの顔をのぞき込むと、案外若かった。

〝さらっちまえ〟

クラウンに押し込み、タイヤを軋《きし》ませて発進した。青梅《おうめ》街道を突っ走って都心を抜け、そのまま千葉県船橋市の自宅アパートへ連れ込んだ。犠牲者は二四歳のＯＬだった。

ベッドに押し倒すと、顔を両手で押さえて「頭が痛い」「鼻が痛い」と呻《うめ》く女性に構わず、衣服を剝《は》ぎ取った。パンティを脱がし、両脚を開いて、勃起《ぼっき》したペニスを強引に挿入した。男には、ワルの仲間たちから聞いていた強姦《ごうかん》のイメージがあった。襲われた女は狂ったように泣き叫ぶ、そして、そこが堪《たま》らなく面白い、と。一度、チャンスがあったらやってみたいと思っていた。しかし、目の前の女はまったく抵抗せず、顔から頭から血を流しながら、痛い、痛い、と言うだけだった。射精した後、なんだか人形みたいだな、と感じた。

だが強姦は、性欲の解消以上に、優越感と自信を与えてくれることを知った。それまでの鬱屈した気分がウソのようにスカッとした。今まで味わったことのない、「これだ!」という何かが摑めた気がした。セックスと暴力はつながっている、と確信した。

しかし、その日の夜、今度は男が圧倒的な暴力の恐怖を味わっている。連れ出したフィリピン人ホステスの件で、アパートにヤクザが押しかけたのだ。それも七人。男はクラウンに飛び乗って逃げた。その際、怒号をあげてクラウンの発進を阻止しようとしたヤクザに、後部の窓ガラスを粉々に叩き割られている。

男はクラウンを走らせ、ひたすら逃げた。身体の芯まで染み込んだ恐怖と屈辱は、男の凶暴性をさらに増幅させた。そして翌二月一二日午前二時、新しい獲物と遭遇する。最初の強姦から僅か二時間後だった。

千葉県市川市。夜遅くまで勉強していた少女は、シャープペンシルの替え芯を買いに外へ出た。周囲はマンションと一戸建て住宅が建ち並ぶ住宅地で、街灯も少なく、深夜ともなると、怖いほど静まりかえる。自転車で自宅マンション近くにあるコンビニへ出向き、買い物を済ませ、急いで帰ろうとしたそのとき、思わぬアクシデントが勃発する。自宅前の狭い路地で、背後から走ってきたクルマに追突されたのだ。自転車は歪み、少女は路上に投げ出された。右膝に擦過傷《さっかしょう》を負い、血が流れていた。

運転していた若い男は優しい声を掛け、すぐさま少女をクルマに乗せると、浦安《うらやす》市内の救急病院へ向かい、治療を受けさせた。少女は治療後、自宅まで送ってもらえるものと思っていた。しかし、クルマの中で男は豹変《ひょうへん》する。折りたたみ式ナイフを取り出し、突き付けてきたのだ。男は少女の手の指の間に刃をこじ入れ、ぐりぐりとこね回し、頬を切りつけて「黙っておれの言うことを聞け」と脅した。

少女は、突如牙を剝《む》いた暴力に、震え戦《おのの》いた。そのまま男のアパートに連れ込まれて二度、犯された。男は欲望を満足させると、少女の持ち物を改めて現金を奪い、高校の生徒手帳から住所、氏名を控えている。

二晩続けて見ず知らずの女性を強姦し、自分の力に自信を持った男は、しかし、ヤクザという暴力のプロには情けないほど無抵抗だった。その日（二月一二日）の夜、大手組織傘下の暴力団組長から呼び出しを受け、都内赤坂の全日空ホテルで、組長とその手下に散々脅されている。

「おまえのやったことは誘拐だ。女がこのままフィリピンへ帰ったら、店の損害は二〇〇万円になる。どうしてくれるんだ」

震え上がった男は二〇〇万円、耳を揃えて持っていく、と約束した。しかし、カネの当てはない。ヤクザの取り立てが怖くてアパートにも寄りつけず、クルマの中で寝泊まりする日々が続いた。

この日から、四人を惨殺する事件までの二〇日間に、男は二度の暴力および恐喝沙汰を起こしている。いずれもクルマ絡みだった。男は追い詰められていた。ヤクザに納めるカネが欲しくて堪《たま》らなかった。ヤクザの怖さは、不良仲間から耳にタコが出来るほど聞かされてきた。〝このままだと、いずれ半殺しの目に遭うか、運が悪ければコンクリート詰めにされて東京湾に沈められるかも……〟男は身も凍る恐怖に、頭がどうにかなりそうだった。

　二月二五日午前五時、市川市内の国道。バックミラーに目をやった。闇に光った小さなヘッドライトが、もの凄いスピードで迫る。後ろに接近し、激しくパッシングし始めた。ラッパのようなクラクションが鼓膜を叩く。

〝煽《あお》りやがって……〟

　エンジンの激しい空ぶかしが男のささくれた神経を引っ掻《か》いた。あからさまな挑発だった。男の怒りに火が点いた。バックミラーに目をやると、運転席にパンチパーマのシルエットが見えた。

〝上等だよ、勝負してやろうじゃねえか〟

　男は、クラウンのブレーキを踏み込んだ。タイヤが軋んで、女の悲鳴に似た音がした。背後のクルマはつんのめるように、接触寸前で急停車した。男はクラウンのドアを開け、外へ出た。トランクから鉄筋を取り出し、右手に握る。一度、二度、威嚇《いかく》するようにブン、ブン、と振った後、相手のクルマのドアに手をかけ、開けた。パンチパーマが、凶暴な視線を向けて吠えた。

「てめえ、マジにやる気かよ」

　男は構わずクルマのキーを抜き、退路を絶つと、襟首を摑んで引きずり出した。おもむろに鉄筋を振り上げ、叩きつける。

「てめえのおかげでブレーキパッドが擦り減ったじゃねえか！」

二度、三度、振り下ろした。だが、パンチパーマは血だらけになりながらも、睨《にら》んでいる。

〝この野郎……〟。

もう止まらなかった。狂ったように鉄筋を叩きつけた。パンチパーマは崩れ落ち、地面にぐったりとつっ伏した。

「おれらの相場じゃ、こういう場合、七、八万なんだよ」

ヤクザを装って脅し、運転免許証を取り上げた。怖いもの知らずのツッパリを叩きのめした男は、少しだけ気分が晴れた。しかし、本物のヤクザの追い込みを思うと、また憂鬱になった。なんとかして二〇〇万円を作りたかった。

二日後の二七日午前〇時三〇分。今度は埼玉県岩槻《いわつき》市だった。友人宅を訪ねる途中、交差点で突然、脇からクルマが突っ込んできた。男は急ブレーキを踏み、ハンドルを切る。金属を擦《こす》り合わせるような音をあげてタイヤがドリフトし、クラウンはガードレールに衝突する寸前で止まった。

相手のクルマは、何事もなかったかのように、爆音をあげて去っていく。

〝嘗めやがって……〟

　男はクラウンのアクセルを踏み込み、猛スピードで追いかけた。バンパーに接触寸前まで迫り、パッシングし、クラクションを叩いて激しく煽る。相手のクルマが観念したように停まった。男はクラウンを降りると、懐から折りたたみ式ナイフを取り出し、相手の助手席に乗り込んだ。

「おれをヤクザもんと知っててやったのか？」

　男は固めた拳で顔を殴り、ナイフを突き付けた。相手は大学生だった。

「てめえがメチャクチャな運転しやがるから、タイヤが擦り減っちまったよ。どうしてくれる！」

　だが、大学生はパニックに陥っているのか、鈍感なのか、ハア、とか、アア、とか言うだけで、一向に手応《てごた》えがない。

〝こいつ、反省してねえな〟

　男は激高《げきこう》し、ナイフを太ももに突き立てた。ウアッ、悲鳴があがる。大学生の顔が恐怖に濡れた。

「おまえじゃダメだから、親父のとこへ連れていけ」

　男は助手席に乗り込んだまま、大学生にクルマを運転させた。五分、一〇分、何か変だった。さっき見た看板がまた現れる……。

「てめえ、やっぱり嘗めてんな!」

今度はナイフで肩を刺した。

「自分の家も分からねえのか!」

「いや、あの、たしかこのあたりだと……」

男はハラワタが煮え繰り返り、今度はナイフで背中を切り付ける。

「おまえの親はいったい、どんな教育をしやがったんだ? 甘やかす一方で育てたから、おまえみたいな出来損ないになるんだよ。おれが性根をたたき直してやる」と罵りながら、ナイフの刃を背中に食い込ませた。それでも大学生は、「あっちです」「いや、こっちかな」と、生返事を繰り返し、自宅へ行こうとしない。男は怒りに任せて刺し、切り付けた。

一時間後、大学生は全身に二〇カ所以上の傷を負い、血塗れになりながらも、男の隙をみて逃げ出した。男は、クルマで追いかけようとしたが、ひき殺すとマズイ、と思って止《や》めた。男は取り上げていた免許証と、父親名義の車検証を手に、大学生のクルマを運転して自分のクラウンに戻った。あとからカネを巻き上げるつもりだった。

しかし、いくら恐喝を重ねたところで、二〇〇万という数字には届かない。パチンコ屋を襲うか、それとも強盗か。逡巡《しゅんじゅん》し、日増しに膨らむ恐怖と焦燥感を抱えながら、三月五日を迎える。朝からどんよりとした雲が垂れ込め、冷たい霧雨が降り続いていた。

3 惨劇

少女は熊本県で生まれた。母親の咲代の人生は、波乱に富んでいる。地元の高校を卒業後、間もなく熱烈な恋愛に落ちて結婚、相手は隣町に住む、ハンサムな百科事典のセールスマンだった。しかし、二人は少女が誕生してすぐ離婚してしまう。仕事に身が入らず、遊びにうつつを抜かす夫に、咲代から三行半《みくだりはん》を突き付けた格好だった。ひと一倍勝ち気な性格の咲代は、慰謝料も養育費も要求することなく、「わたしひとりで立派に育ててみせる」と、乳飲み子の少女を抱えて上京。このとき、二〇歳だった。以後、証券会社の事務職、建設会社の経理、ダンプカーの運転手、水商売と様々な職を転々とし、フリーのライターとして独立している。

少女が小学五年のとき、咲代は仕事先で中年のカメラマンと知り合った。ちょっと太めで、頭の薄くなったカメラマンは、女優の根岸季衣《ねぎしとしえ》に似てキリッとした美人の、男勝りで気っ風《きっぷ》のいい咲代にひと目ぼれだった。カメラマンは内気な性格で、普段は口下手だったが、酒が入ると陽気になり、よく喋った。いつしか二人は付き合うようになったが、暫くは一緒に食事をして雑談を交わす、友人関係の域を出なかった。それは、いつものように飲み屋に行った夜だった。

カメラマンは酔った勢いで「結婚してくれ」と迫った。見てくれはそれほどよくないが、笑うと目尻が下がり、優しい人柄そのままの無邪気な笑顔を見せる、中年男の純情が、咲代には好ましかった。大都会の、母娘二人の生活に、少し疲れてもいた。それに、この気のいいカメラマンなら、難しい年頃の娘のことを大事にしてくれる、と思った。咲代は結婚を承諾した。駆け引きなしの押しの一手で咲代を口説き落とした、この不器用な中年カメラマンが信次である。信次は友人たちに「ホント、いい女なんだ」と、のろけてみせた。

二人は一年間の同居生活を経て一九八七年、正式に結婚している。信次三七歳、咲代は三〇歳だった。このとき、信次は仕事仲間に「結婚したら大きな娘が出来ちゃったよ」と照れ笑いを浮かべて報告し、新しい家族の誕生を喜んでいる。

同居を始めた二人は、千代田区九段下《ちよだくだんした》で編集プロダクションを経営し、新しい生活の基盤作りに日夜、働き詰めに働いた。

ここに一枚のポラロイド写真がある。ソファで寝入った信次と少女が写っている。

家族三人で友人宅に遊びに行った際、撮ったものだという。信次は、ソファに横になり、腕枕をしている。酒に酔ったのか、顔が赤い。手前のテーブルには、ソーセージが盛られた大皿と、芥子《からし》の入った小皿。少女は、信次の後ろで同じようにソファに横になり、目を閉じ、スヤスヤと眠っている。濃い眉に浅黒い肌の、整った顔立ちは、周囲から「お母さんによく似た熊本美人だ」と言われていた。その寛《くつろ》いだ表情には、心を許しきった安寧《あんねい》がある。同じソファの上で、寄り添うようにして眠る二人は、紛《まぎ》れもなき親子だった。

信次は少女を我が子同然に可愛がり、一家三人の幸せな生活が始まった。同居後、しばらくして咲代の妊娠が判明する。信次は、飛び上がらんばかりに喜んだ。

「おれ、子供は何人いてもいいんだ。立派な子供を産んでくれよ」

しかし、願いも空しく、流産してしまう。次に妊娠したとき、信次は珍しく厳しい口調で注意した。「仕事は二の次でいいから、身体を第一にしてくれ」と。

こんなことがあった。信次が仕事仲間と、事務所近くの居酒屋で飲んでいた夜のことだ。酒は好きだが、それほど強くない信次は、すぐ酔いが回ってしまう。夜遅く、咲代がクルマで迎えにきたとき、信次はロレツの回らない口調で「運転しちゃダメだっていったろう。クルマの振動がいちばん良くないんだから」と言い、大きくなった咲代の腹部をさもいとおしそうに撫で回した。

「ここに、大事な大事な子供がいるんだからさあ」

咲代は、駄々っ子をたしなめるように、こう返した。

「まったくだらしないんだから。わたしもまだ捨てたもんじゃないし、もっといい男、探そうかしらね」

「また、そんなことを言う」

信次は口を尖《とが》らせて拗《す》ねた。

周りの友人たちは、目を細めて、この仲のいい夫婦の、掛け合い漫才にも似たやりとりを見ていた。誰の目にも、二人は幸せいっぱいに見えた。

半年後、妹の佑美が生まれた。夫婦は以前にも増して仕事に励み、主に料理雑誌や旅行雑誌を舞台に活躍した。咲代は、赤ん坊の佑美を背負い、取材に飛び回ることもあった。

苦労を厭《いと》わず働いた甲斐《かい》があり、事件当時は千葉県市川市内の地下鉄東西線行《ぎよう》徳《とく》駅前に事務所を構え、社員も数人抱えるほどの順調な仕事ぶりだった。編集プロダクションの代表取締役社長は咲代、副社長が信次である。購入したマンションには信次の母親・敬子も同居し、一家五人は血の繋《つな》がりを越えて、幸せな家庭を築いていたのである。

九二年三月五日、男の苛々《いらいら》は沸点《ふってん》に達しようとしていた。ヤクザの追い込みが怖くてアパートへも近づけず、クルマの中で夜を明かす惨めな生活が続いている。カネもすでに底を突き、出口の見えない閉塞感《へいそく》は、ギリギリと男の頭を締め付けた。

そぼ降る冷たい雨の中、この日は朝からパチンコとゲームセンターで時間を潰した。午後遅く、中華そば屋で一杯のラーメンをすすり、四時ごろ、市川市へ向かった。クルマをぶつけてレイプした、あの少女の自宅から有り金をごっそり奪うつもりだった。ついでに少女を存分に嬲《なぶ》ってやれば、この鬱屈した気持ちも少しは晴れるだろう。男はクラウンのステアリングを握りながらほくそえんだ。

江戸川の河口近く。少女の自宅マンション周辺は、男が子供のころ、よく遊んだ場所だった。すぐ近くに祖父母の家があり、あの、家が地獄だった小学校低学年の時分、しょっちゅう泊まりに来ていたから、土地勘はある。マンションの建っている場所は当時、まだ空き地で、凧揚《たこあ》げや自転車を乗り回して遊んだ記憶があった。

男はタバコ屋の前でクラウンを停め、公衆電話から少女の自宅に電話を入れた。以前にも何度か電話をしており、午後は留守か、老女がひとりで居ることを承知している。五度、六度……呼び出し音が鳴る。誰も出ない。男は受話器をフックに戻した。クラウンを児童公園の横に回して駐車し、午後四時三〇分、目の前に聳えるマンションに入った。ダウンジャケットとジーパンにサンダル履きという、はた目にはごくリラックスした格好だった。

マンションは一〇階建てで、南側が幅一〇〇メートルほどの運河に面している。運河には、クルーザーと乗合の釣り舟がずらりと係留され、対岸は首都高速湾岸線とJR京葉線、その向こうに黒い屋根の倉庫街を挟んで、霧雨に煙る灰色の東京湾が広がっていた。

吐く息が白い。三月には珍しいほど、底冷えのする一日だった。

男はエントランスに設置してある防犯カメラを避け、外階段で二階まで上がると、そこから八階までエレベータを使った。少女の自宅は八〇六号室だった。玄関ドアの前に行き、チャイムを鳴らしてみる。応答がない。やっぱり誰もいない。ノブを回してみた。と、スッと音もなく開いた。心臓が高鳴った。ひとがいるのか？　焦った。即座にその場を離れ、エレベータ横の階段に腰を下ろして様子をみた。二〇分ほど迷ったが、家人の気配もなく、きっと買い物にでも出ているんだろう、と思い直した。やるならいまだ。ドアを開け、部屋へ入った。

内部は電気が消してあった。やっぱり留守なんだ、と分かって少しホッとした。霧雨のせいでかなり暗かったから、照明をひとつだけ点《つ》けた。普通のマンションに、現金で二〇〇万円もあるとは思っていなかった。貴金属類か、預金通帳を見つけたら、早々にひきあげるつもりだった。

家人が帰ってこないうちに、と玄関の突き当たりにある居間で金品の物色《ぶっしょく》を始めた途端、どこかでぼそぼそと話し声がする。ドキッとして耳を澄ますと、玄関脇の北側の部屋から聞こえる。そっと引き戸を開けると、テレビをつけっぱなしにしたまま、老女が寝ていた。少女の祖母・敬子だった。

男は、このバアさんに通帳のありかを訊いたほうが早いな、と考え、部屋に踏み込んだ。おもむろに足を蹴り上げ、目を覚ました敬子に「通帳を出せ」と凄んだ。

敬子は男の予想と違い、恐怖にうち震えることもなく、毅然とした態度で自分の財布から一万円札を八枚抜き出した。

「これをやるから帰りなさい」

男は、バカにされたような気がした。こっちのほうがずっと強いのに、立場が分かっていない。〝このババア、ふざけやがって……〟男は敬子の襟首を鷲掴《わしづか》みにして引き寄せ、「通帳を出せ」と迫った。だが、敬子は頑《がん》として応じなかった。

緊張して尿意を覚えた男は「通帳を探しておけよ」と言い置き、トイレを使った。小便を終え、男が戻ると、敬子は居間で電話の受話器を取り上げていた。男は唸《うな》り声をあげて突進し、体当たりで仰向けに突き倒して馬乗りになり、頭を押さえ付けた。

「何をしようとしたんだ」

ドスを利かせて凄んだ。

〝少し痛い目にあわせて力関係を分からせてやろう〟と、拳を振り上げ、殴ろうとしたそのとき、敬子は唇をすぼめ、プッとツバを吐きかけた。八三歳の老女の精一杯の反撃に、男は激高し、頭ごと、激しく床に叩きつけた。それでも敬子は、爪を立ててひっかき、必死の抵抗を試みる。男は、怒りで目の前が真っ赤になった。近くの配線コードを力ずくで引き抜き、手元に手繰《たぐ》り寄せ、敬子の首に巻き付けた。

「このやろう、老いぼれのくせしやがって！」

男は、コードを両手で思い切り引き絞った。老女の息がフイゴのようにヒューヒューと鳴り、弱く細く、消えていく。もう大丈夫だろう、と一度緩《ゆる》めたところ、ググッと身体が起き上がってきたので、慌《あわ》てて力を込めた。それから数分間、絞め続けた。じきに敬子の全身から力が抜けた。

男は敬子が絶命したことを確認すると、死体を引きずり、北側の部屋に戻した後、洗面所で頭、顔、首、手を何度も洗った。男には、老女のツバが汚らしく思えてならなかった。もともと、潔癖症の気があり、他人と一緒に箸《はし》を使う鍋物《なべもの》などは絶対に口にできないほどだ。ツバを吐きかける、という行為は、許しがたいことだった。敬子を殺した後も、〝ざまあみろ、思いしったか〟と、いい知れぬ激情にかられ、収まりがつかなかった。洗面所で納得いくまで洗い終えると、いったん外に出て自動販売機でジュースとタバコを買い、三〇分ほど過ごしてから再び八〇六号室に戻った。

まだカネはいくらも奪っていない。なにか大事なことをやり残した気がして仕方がなかった。

部屋で金目のものを物色していると、午後七時頃、玄関ドアが開いた。男は素早く台所の食器棚の陰に隠れた。少女だ。母親の咲代と一緒だった。手には夕飯の材料をいっぱい詰め込んだポリ袋をぶら下げている。男は台所の柳刃包丁を摑んだ。二人は気づかず、居間に入ってくる。そっと背後から忍び寄り、包丁を突き付けた。

「静かにしろ」

だが、咲代の反応は、男の予想を大きく裏切った。「あなた、だれ？　どうしてここにいるのよ！」と厳しく問い詰めた。包丁にもまったくひるまない。男は咲代の迫力と、見るからに頭の切れそうな態度に、半ば恐れを感じ、怒鳴った。

「あんまり騒ぐとてめえら、殺すぞ！」

二人を居間で俯《うつぶ》せにさせた。

「ポケットのもの、ぜんぶ出せ！」

所持品をすべて出させると、男は咲代の動きを封じようと、包丁を逆手《さかて》に持ちかえ、振り下ろした。刃先が腰を深々と貫く。そのまま数回、たて続けに突き刺した。咲代は呻《うめ》き声をあげ、身をよじって仰向けになった。苦悶《くもん》に顔を歪《ゆが》め、足で床を蹴ってずり上がった身体が、男の脱いだダウンジャケットに近づいていく。〝あーあ、血が付いちまうだろう〟男は咲代の脇腹を蹴って、自分の大事なダウンジャケットから遠ざけた。

帰ってくる家人に見られてはまずい、と男は少女に手伝わせて咲代を南側の奥にある洋間へ運び入れた。床には、鮮血と失禁の跡が広がっていた。男は少女に命じて、これをタオルで拭わせた。

しばらくして、四歳の佑美が保育園の保母に連れられて帰ってきた。男は少女に夕食の準備をさせ、三人一緒に食事を摂った。食後、佑美を祖母の部屋にやり、テレビを観せた。佑美は、絞殺された祖母の遺体の横でひとり、最後の夜を過ごすことになる。

男は、目の前の少女のことしか頭になかった。欲望で全身が火照っていた。父親が帰ってくる時間は聞き出してある。午後一一時を過ぎるはずだった。今は午後九時二〇分。時間は十分にある。

〝今度はどうやって犯してやろうか〟

時間を潰し、気を紛らわせるには格好の相手だった。包丁を突き付け、寝室へ連れ込んだ。「服を脱げ」低い声で命じる。だが、目の前で母親を惨殺され、恐怖に震える少女は、うまく手が動かない。「なにやってんだよ！」苛ついた男は少女をベッドに突き倒し、強引に服を剝ぎ取り、自分も素早く全裸になってのしかかった。だが、強姦の最中、チャイムが鳴る。父親の信次だった。まったく予期しない帰宅に、男は慌てて服を着込み、包丁を摑むと、再び台所の食器棚の陰に隠れた。

「寝てたのか」

信次はベッドで横になっている少女を見て声を掛けた。その瞬間、左肩を包丁で刺し貫かれ、崩れ落ちた。

男に躊躇《ちゅうちょ》などなかった。一度刺しておけば力関係もはっきりするだろう、その程度の気持ちだった。譬《たと》えて言えば、歩いている道の上に石が転がっていて邪魔だから蹴飛ばす、そんな感じだった。

「おまえの書いた記事で組が迷惑している。おまえが取材したんだろう」

ヤクザを装い、話をでっちあげて脅した。男にとって、ヤクザこそは暴力と恐怖の象徴だった。

「通帳でも現金でも、なんでもいいから二〇〇万出せ！」

床に座り込んで立てない信次を容赦なく問い詰めた。信次はこのとき、まだ妻と母親が殺されたことを知らない。家族を守ろうと必死だったのだろう。母親の通帳のありかを教えた。男は額面二五七万六〇五五円の郵便貯金総合通帳と、一〇三万一七三七円の銀行総合口座通帳を手に入れた。信次は「横にならせてくれ」と呻くように言うと、床に横たわった。男はまだ満足しなかった。事務所にも通帳と印鑑があると聞き出し、少女に電話を入れさせ、残っていた社員にこれから通帳を取りに行く旨《むね》、伝えさせた。

午前〇時三〇分、男は少女を連れて外に出た。信次の顔は血の気が失《う》せて紙のように白くなり、息も絶え絶えだったが、それでも妻と母親がどうなったのか、しきりに気にしている様子だった。

　男はエレベータでいったん一階まで降りたが、即座に引き返す。玄関ドアを開けると、信次が台所のテーブルにつかまり、立ち上がっていた。男は一直線に駆け寄り、包丁を摑むと、背中を深々と突き刺した。信次はぺたんと座り込み、床に両手を突いた。それを見届けると、男は再び外に出た。信次はこの後、失血死している。ほぼ三時間、苦しんだ末に止めを刺されたのである。そして四歳の佑美は、祖母の硬直した死体の横でひとりすやすやと寝入っていた。


　冷たい霧雨は深夜、本格的な雨に変わり、アスファルトを黒く濡らしていた。

　クルマなら、マンションから行徳駅前の事務所まで五分足らずで到着する。男は事務所の近くにクラウンを停めると、少女に、「ひとがいるんじゃヤバい。おれはここで待ってるから、おまえ行ってこい」と命じた。少女が事務所へ行っている間、空腹を覚えた男は近くのコンビニに入り、菓子パンを買った。

　少女は残っていた男性社員に「ヤクザが、お父さんの記事が悪いとおカネを取りに来ている」と告げ、両親名義の預金通帳七冊（額面合計六三万五六二〇円）と、印鑑七個を受け取っている。

パンを頬ばりながら待っていた男は、少女をクラウンに乗せると、その足で市川市内の東京湾沿いにあるラブホテルに連れ込み、三〇分ほどかけて通帳の額面を調べ、印鑑と通帳の印影をチェックした。男はここでも少女を犯し、四時間近く熟睡した後、再び襲い掛かり、犯している。

午前六時半、三人の死体が転がるマンションへ舞い戻った男は、最後の惨劇に手を染める。犠牲者は、目を覚まし、泣き始めた四歳の佑美だった。

「うるせえ！」

隣近所へ聞こえてはまずい、と考えた男は、包丁を片手に駆け寄った。佑美は祖母の部屋で、布団の上に座り、背中を向けて泣いていた。

背後から左手を回して顎の辺りをつかみ、小さな背中から包丁を一気に突き入れた。包丁は幼い身体を貫通し、刃先が胸まで突き抜けた。佑美は「イタイ、イタイ」と弱々しい声を出した。男は苦しみもがく佑美を前にして、少女に平然と言い放った。

「妹をラクにさせてやれよ。首を絞めるとか方法があるだろう」

少女は全身が凍ったように動けなかった。男は痛さで泣き叫ぶ佑美の首を絞め上げ、絶命させた。

想像を絶する恐怖と絶望で心身ともに打ちのめされ、極度に畏怖《いふ》していた少女が、このとき食ってかかった。

「どうして妹まで刺したの。なんでこんなことするのよ！」

男は、突然の少女の反抗に激怒し、包丁を振りかざした。少女は左上腕と背中を切られ、全治二週間の傷を負った。

「おまえ、おれに殺されたいか、それとも一緒についてくるか」

男は脅し、迫った。だが、事件は突然の結末を迎える。深夜の訪問を不審に思った事務所の社員がこの朝、マンションに電話を入れ、少女の対応が不自然なことから、近くの派出所へ届け出たのである。

午前七時、社員と警察官が駆けつけ、一四時間にわたって繰り広げられた殺戮劇《さつりくげき》は幕を下ろした。

4 遺族

一九歳の、底知れぬ残虐性が世を震憾《しんかん》させた事件から、八年の月日が流れた。この間、裁判所は一審、高裁ともに死刑の判決を下している。

まず九四年八月八日、一審・千葉地裁は一九歳で四人を射殺した永山則夫《ながやまのりお》死刑囚(当時)に対する八三年の最高裁判決を引用し、少年犯罪についても「結果の重要性、残虐性などの罪質が重大で、極刑がやむをえない場合、なお死刑の選択も許される」として死刑判決。

二年後の九六年七月二日、東京高裁も「人の生命、尊厳に対するいささかの畏怖の念も見いだすことができない。犯した罪をかんがみると、死刑はやむをえない」として一審判決を支持、改めて死刑判決を言い渡している。

一方、弁護側は一審で「被告の母親は、被告を懐妊中に流産予防のための黄体ホルモンを多量に摂取し、そのため被告は攻撃性が強い性格になった可能性がある」

とする精神鑑定書を提出し、「犯行時には自分を抑えられない心神耗弱《こうじゃく》の状態だった」と主張。控訴審でも、これに米国の心理学者の論文を添えて補強し、刑事責任能力を肯定した一審判決を「事実誤認」と主張していた。しかし、これらはすべて、却下されている。

ただひとり、生き残った少女の心情が、一審の論告で述べられている。

「わたしの大事な父や母、祖母、それにわたしのことをおねえちゃんと甘えていた可愛かった佑美ちゃんを残酷な方法で殺した男が憎くて憎くてたまりません。はっきりいって男については、この手で殺してやりたい。生きていて欲しくない、という気持ちです」

「今でも両親らとの楽しかった思い出を夢にみる。他のひとが手に包丁を持っているのを見るだけで、事件のことを思い出して恐怖を感じるし、夜ひとりで出かけたりしなくなった。被告人に対しては、できれば生きていて欲しくないと思う。わたしの家族四人を殺したひとが、生きていて何かできるのは嫌だし、そういうのは許せないし、悔しい。被告人の処罰については、もっとも重い刑、つまり極刑を望む」

男はいま、東京拘置所で最高裁の判決を待っている。

「おれはもう、死にたい。一日も早く死にたいんだよ。生きていても、なんにもいいことはない。苦しいことばっかりだ」

老人は唇をグッと噛むと、振り絞るように言った。

「なぜ、あいつが今でも生きていられるのか、不思議でならねえんだ。おれだったら死んでるよ。自殺して死んでる」

七七歳、男の祖父である。小柄な身体ながら、厚い胸板に太い首。ふしくれだった指と、額に深く刻まれたシワが、長年の重労働と嘗め尽くした辛酸《しんさん》を物語っている。白い肌着には、ウナギを捌《さば》いてこびりついた血の跡があった。祖父は、市川市内の鰻屋の一階、事務所の古びたソファに座って、ポツリポツリと話してくれた。

「あの日は、突然、新聞記者が来たんだ。なにがなんだか分からなくてな。あいつがひとを殺したとか、なんとか。バカのろくでなしだとは承知していたが、まさかひと様を殺《あや》めるとは……それも四人も……おれはもう、血の気が引いたよ。腰が抜けそうだった。それ以来、すべてが、あのバカのためにメチャクチャになっちまった。あのバカのおかげで——」

固い沈黙が流れた。どこにもぶつけようのない、怒りと哀《かな》しみが、辺りに満ちた。

「あいつにはもう、かかわりたくない。あれだけのことをやったんだ。もう生きちゃいられねえだろう。法に従えばいいんだ」

白く濁った右の目が宙をさまよい、潤んだ。

「もう、目があんまり見えねえんだ。糖尿病で右目までいかれちまってね」

左の目は事件の二年前、失明した。孫である男に潰されたのである。店の金庫から六万円がなくなり、そのことが原因で、酷い暴力をふるわれたのだ。

「娘に、店のカネがなくなったことをそれとなく伝えたんだよ。娘は自分の息子が疑われたと思って、頭にきたんだろうな。あいつに言っちゃったんだ」

夕方、男は突然、訪ねてきた。早朝から続く重労働で疲れきった身体を横たえ、つかの間の休息をとっていた祖父の姿を認めるや、「おれのこと、疑いやがって」と怒鳴り、顔をサッカーボールのように蹴り上げた。足の親指が左目に突き刺さり、祖父は眼球破裂で入院、失明した。

「いまにして思えば、あいつがいつもメチャクチャやるのをいいことに、店の中にもカネを盗む人間がいたようだから、もしかしたらやってねえのかもしれねえな」

だが、男は疑われても仕方がなかった。売上金を掠《かす》めるのは珍しくなかったし、事件の一カ月前には夜中、鰻屋のドアを破って侵入、売上金の一二〇万円を盗んでいる。

「娘があんなやつと結婚するからいけないんだ」

祖父は、娘婿の小塚俊男さえいなかったら、こんな事態にはならなかったと信じている。

「おれははじめっから気に食わなかった。第一、人相がよくなかった。真面目に働く顔じゃなかった。だから結婚なんかさせたくなかったんだ。娘がおれの言うことをちゃんと聞いていりゃあ、あのろくでなしの孫なんか生まれていない。いっそのこと、離婚するとき、向こうにくれてやりゃあよかったんだ」

娘婿のつくった莫大《ばくだい》な借金を清算した際、一代で築き上げたチェーン店は倒産の危機に瀕《ひん》している。債鬼に追い詰められ、深夜、荒川に架かる小松川橋の上に妻と二人立ち、自殺を決意したこともあった。しかし、寸前で思い直して再び寝食を忘れて働き、絶望の淵《ふち》から這《は》い上がったのだという。

「でも、もう無理だな。事件以来、客はすっかり寄りつかなくなったし、店舗も売っちまっていくらも残っちゃいない。それでも、借金は増える一方なんだ。もう終わりだ。生きていても苦労ばっかりだから、早く死んでラクになりてえよ」

祖父は、鰻屋の二階でひとり住まいを続けている。食事は、コンビニで買ってきたパック入りのご飯と総菜だ。いつも、愛犬のパグ犬と分け合って食べている。目が悪くて、犬の散歩に行けないのが悩みだ。栄養過多と運動不足で丸々と太ったパグ犬は一日中、足元から離れようとしない。

跡を継ぐはずだった長男（男の叔父）は、事件の三年前、クモ膜下出血で倒れ、四四歳の若さで鬼籍《きせき》に入ってしまった。苦労を共にした妻も既に亡い。

体力、気力は日に日に落ちていく。勘でウナギを捌く毎日、と言うが、足も引きずるようになり、いつまで働けるか分からない。糖尿病に加えて、腎臓《じんぞう》も肝臓も悪くなる一方だから、自分の命は残りわずかだと思っている。拘置所の孫への面会は、一度、すべての元凶と信じているあの娘婿に出くわして以来、行っていない。これからも行く気はない。

「あいつには何度か面会したな。最初は〝すみません〟と頭を下げていたけど、その後は会っても黙りこくっているばかりでなあ。やっと自分のバカさ加減に気がついたんだろう。でも、もう手遅れだな」

フーッと大きくため息をついた。

「これも運命なんだな。おれは運が悪すぎたよ」

小さく呟《つぶや》くと、祖父は俯《うつむ》いた。足元にうずくまったパグ犬が、ひしゃげた愛《あい》嬌《きょう》のある顔を上げる。大きな瞳《ひとみ》で見つめてクーン、クーンと哀し気に啼《な》く。祖父の、唇を嚙み締めたシワだらけの顔が、クシャッと歪んだ。

事件後、両親の知人の許《もと》に身を寄せた少女は一年後、熊本の母方の実家に引き取られている。

実家は少女を迎えるため、周囲に田圃《たんぼ》の広がる、天井の高い広々とした家に買い替え、転居した。いまは七〇歳の祖母と四一歳の叔父が住んでいる。昼間、ひとりで留守を守り、畑仕事に精を出す祖母は、鍬《くわ》を持つ手を休め、背の高い大きな仏壇の前で、生前の娘咲代の思い出を語ってくれた。

「まあ、こまんかときから、元気なコでしてなあ。男んコたちと、朝から晩まで走り回っとりました。学校へ行くようになると、勉強も体育も、ようできました。とくに作文が得意でしてな、小学四年のときは、芥川龍之介《あくたがわりゅうのすけ》の『蜘蛛《くも》の糸』の感想文ば書いて、それを授業参観で読んで、父兄の皆さんを泣かしたこともあったとですよ」

中学時代は卓球部で活躍する一方、学業の成績も抜群だった。

「学年で一番でした。三年のときは、娘の作文に感心した担任の先生から〝もの書きになればよか。林芙美子《ふみこ》くらいにはなれるでしょう〟と褒められましてな」

地元の進学高校に進み、当然、大学進学を志望していたが、家の事情で断念を余儀なくされる。

「家計の事情ですたい。高校の先生には、国立の熊本大学にも絶対に受かる、と言われたばってん、行かせるだけの余裕がなかったとです。それで〝申し訳なかけど、大学は諦《あきら》めてくれんね〟と言うと、あん娘はあっさり〝よかよ〟と。そして〝もう大学はよかばい。その代わり、ハワイ旅行に行かせてくれんね〟と言うもんですから、まあカネば出してやったとです」

自分の娘とはいえ、本当にハワイへの一週間程度の旅行で納得してくれるのだろうか、と半信半疑だったが、咲代の言葉にウソはなかった。

「あの娘の割り切りは天下一品ですたい。あーあ、男に生まれとけば良かったのになあ、としみじみ思いましたばい」

乳飲み子を抱え、二〇歳で離婚を決意した際も、心配し、将来を憂える親族の前で「慰謝料も養育費もいらん、このコはわたしがひとりで育てちゃるけん」と啖呵《たんか》を切ってみせた。その後、母子二人で上京し、右も左も分からない大都会で実際に娘を育て上げた咲代。他人には言えぬどん底の苦労も味わったというが、常に前向きの姿勢を失うことはなかった。

事件の半月前、祖母は孫の佑美と電話で話をしている。当時、実家の前には池があり、群生する水仙《すいせん》が本格的な春を前に、蕾《つぼみ》を膨《ふく》らませていた。

「佑美にこう言ったとですよ。〝お母さんと遊びにきてね。もう水仙も咲くでね。ばあちゃんも待っとるよ〟と。それが、佑美と話した最後でした」

現在、祖母の心の支えとなっているのは、古びたスヌーピーの縫いぐるみだ。

「これは佑美が大事にしていたものでしてなあ。こっちへ遊びに来たときも、いつも抱いとりました。ほら、こうやると……」

いとおしそうにほお擦りをしてみせた。

「まだ甘いミルクの匂いが残っとります。佑美の匂いなんです。毎朝、話しかけて、匂いを嗅《か》いでおります。わたしは、これを佑美と思って、生きとっとです」

祖母は「せめて佑美だけでも残してほしかった」と、こう語る。

「なんで、犯人は佑美まで殺したのか。まだ四歳じゃなかですか。世の中の楽しいこと、なんも知らんでしょうが。むごか……ほんにむごか……頭のよか、ほんに可愛《かわ》いか子じゃったのに……」

男の母親、良子は、幾度かこの実家を訪ねている。頭を下げ、謝罪金を渡そうとしたこともあった。しかし、祖母は一切を拒否している。少女は会うことすら拒絶し、いまに至っている。祖母は、強い決意を滲《にじ》ませて言う。

「わたしは死ぬまで許しません。あげな銭、だれが受け取りましょうか。受け取ったら、向こうは許したと思いなさるでしょう。そげな思い違いば、してもろうては困るとです」

弁護士と一緒に訪れた良子に、「おたくには庭にも入ってもらいとうなか。弁護士さんと話が済むまで、そこに立っておってください」と、声を荒らげたこともある祖母だが、それでも、一度だけ、話したことがある。

「縁側でな、話したとですよ。わたしは、田圃の向こうの山ば指して、訊《き》いたとです」

二人の話はこんな風だった。

「あの山に何の木が生えとるか、おたくには見えますか」

「杉……ですか」

「そうじゃ、杉じゃ。おたくの坊っちゃんは、杉の丸太と思われたとじゃなかですか」

「………」

「まるで杉の丸太のごと、やりたい放題、うちん娘たちを切ったくいやったとです。人間は杉の丸太じゃなかとになあ。そげなことが、どうして分からんかったとか、わたしには不思議でならんとです」

良子は俯いたきり、ただ頭を下げるばかりだった。

事件の七年前、祖母は夫を交通事故で失っている。夜、勤め先からの帰宅途中、乗用車に撥《は》ねられて亡くなったのだ。その不幸から立ち直った矢先の事件だった。

「やっとこのごろ、死んだもんは帰らん、と思えるようになりましてな」

自宅の二階の窓際に、柿色の小さな着物が掛けてある。佑美が正月に着ていたものだ。

「見晴らしのよかとこから、きれいかこの田舎の景色ば見せてあげたくてな。鬼門《きもん》の位置に掛けてあっとです。〝佑美ちゃん、バアちゃんを守ってよ、姉ちゃんを守ってよ、こん家を守ってよ〟わたしは毎日、祈って生きとります」

咲代の弟は、事件によって人生が大きく変わった。当時、地元の新聞社に勤務していたが、事件後の様々な処理に追われ、東京と熊本との度重なる往復を余儀なくされた揚げ句《あげく》、退社したのである。安定した生活と高給を保証されていた職場を捨てて、新たに選んだ仕事は整体師だった。普通のサラリーマンと違って時間が自由になり、独立も可能、という理由だった。免許を取得し、現在は同じ町内の整骨院に勤めている。結婚の時機を逸《いっ》し、四一歳のいまも独身である。

三つ年長の姉のことは、運命と真っ向から向き合い、人生を切り拓《ひら》いたひとりの女性として、尊敬している。

「姉はおとなしくて引っ込み思案の自分と違い、子供のときから独立心旺盛《おうせい》でめっぽう気が強かった」と語る弟は、最初の結婚生活が破綻《はたん》した際の、姉のこんな姿を記憶している。

「離婚になかなか応じてくれない夫に業《ごう》を煮やした姉は、離婚届を片手に、先方の実家へ乗り込んでいったんです。高校生だったわたしは〝あんた、立ち会いなさい〟と、強引に連れていかれました。もちろん、しっかりハンコをもらって帰りました」

高校卒業後、上京して早稲田《わせだ》大学に入学した弟は、フリーライターになっていた姉の仕事を手伝って学費を稼ぎ、大学に通った。

「姉に大学を出してもらったようなものです。本当にパワフルな女性でした。怖いもの知らずで、チャレンジ精神旺盛で、自分の姉ながら、大した女性だったと思います」

弟は生前、姉と約束したことがあった。

「姉は〝わたしが先に死ぬようなことがあったら、子供の面倒みてよ。その代わり、あんたが先に死んだら、お母さんの面倒は任せときなさい〟と言っていたんです。だから、わたしはできる限りのことをしてやるつもりです。わたしの結婚ですか？　母も心配してますけど、姪《めい》が一人前になってからです」

黒縁のメガネ越しに柔和《にゅうわ》な笑みをみせる叔父は、あの事件について、少女とはまだ話をしたことがない。ただ、一度だけ、ポツンと呟《つぶや》いた言葉を覚えている。雨の降る夜だった。

「雨って、いやだね」

心優しい叔父は、雨が降り続く深夜、布団の中でうなされる姪の姿を知っている。

咲代の、最初の結婚相手の実家は、草深い山村にあった。いまは弟が家を守っている。

「事件のことは知っとります。けど、もう離婚して何年も経っておったけえねえ……」

弟は、戸惑いを露《あらわ》にしたまま、ポツリポツリと語ってくれた。事件後、少女の実の父親は、こう言ってきたのだという。

「おれが引き取って面倒をみてやる。娘はおれが守る」と。しかし、生来の優柔不断な性格からか、どの仕事も長続きせず、故郷を離れ各地を転々としていた父親は、周囲から厳しく諭《さと》されている。「自分のこともちゃんとできん男が、なんば言うちょるか！」と。

穏やかな、優男《やさおとこ》タイプの父親は、己の不甲斐《ふがい》なさを呪い、慟哭《どうこく》したという。

「兄貴は人はいいけど、こらえ性《しょう》がない。だから仕事もいい加減で、すぐ辞めてしまう。いまはどこにおるのか、知りまっせん。探そうとも思わん」

弟は、こう吐き捨てるように言ったきり、口を噤《つぐ》んだ。

岩手県盛岡市からJRのローカル線で北に向かって約二時間。十和田《とわだ》湖にほど近い山あいの街に、杉木立を背後に控えた寺がある。日当たりの良い、なだらかな斜面に墓地が広がり、真新しい黒の御影石《みかげいし》が一基、冬の柔らかな陽射しを浴びて輝いていた。少女が三年前、建てたものだ。少女の祖母・敬子と父・信次の墓であり、ここには母・咲代と妹・佑美も分骨の形で埋葬され、一家四人が眠っている。

この街は信次の父の故郷である。新しい墓石が少女の手で据えられた経緯を、親《しん》戚《せき》のひとりがこう語る。

「信次さんのお父さんが若い時分、ここを出ていって以来、家が絶えた状態でした。墓も荒れており、法事にこられた信次さんの娘さんが〝大好きだったお父さんとおばあちゃんのお墓だから〟と、新しいお墓を建てられたのです」

戦前、故郷を出た信次の父親は東京の大学に入学した。卒業後は銀行へ就職し、第二次大戦中、電気絶縁材料を扱う大手メーカーに転職、戦後は役員を務め、長男の信次は工場のあった群馬県で生まれている。結婚後、一〇年以上経ってやっと授かった一粒種だった。しかし、父は信次が中学生のとき、他界してしまった。長年、胸を患《わずら》い、闘病生活を続けた末の最期《さいご》だった。

「両親が四〇を過ぎて生まれた子供だから、それは大事にされた。まあ、孫みたいなものです。お父さんが亡くなってからは、寂しさの余り、お母さんに〝どうして年とってから産んだんだ、もっと若いお父さん、お母さんだったらよかったのに〟と責めたこともあったようです。でも根は優しい、親孝行の息子ですよ」（都内在

住の親戚）

九二年の正月、つまり事件の二カ月前、都内に住む父方の親戚一同が集まって新年会が開かれた。それほど酒の強くない信次は、真っ赤な顔に満面の笑みを浮かべて、ほろ酔い加減で「いやー、親戚っていいですね。これからもずっと付き合っていきたいな」と、終始ご機嫌な様子だった。母と二人、東京で暮らし、生まれ故郷といえる土地を持たない信次にとって、この日は自分の身内の温もりを肌で感じた、おそらく初めての経験だったのだろう。

母の敬子は横浜の資産家の娘だった。経済的に困ることはなかったものの、地縁も血縁もない東京での母子二人の生活には、常に心細さがつきまとった。信次は立教大学を卒業後、広告代理店、出版社勤務を経て、カメラマンとして独立。当初は主に風俗の世界で活躍し、思わぬスクープもモノにしている。スワッピングパーティに潜入し、密《ひそ》かに撮影したなかに、あのロス疑惑の渦中にいた男性の全裸写真があり、一躍名を知られるようになったのだ。

カメラマンとして、着実に地歩《ちほ》を固めていった信次だが、常に母親のことを第一に考えた。仕事仲間が語る。

「結婚が遅れたのは、お母さんのことがあったからでしょう。同居してくれるひとを望んでいたと思う。その点、咲代さんは〝お母さんのおおらかな人柄に惚《ほ》れた。ついていきたい〟と言っていましたからね。お母さんも咲代さんもお互い、女手ひとつで子供を育てて苦労しているから、相通じるものがあったと思います」

仕事のパートナー同士でもある夫婦には、夢があった。

「事件の二年前くらいから〝ベルギーに家を買うんだ〟と言っていましたね。なんでも取材で訪れて、えらく気にいったらしい。行動力抜群の咲代さんは、幼い佑美ちゃんを連れて短期留学もしています。〝ベルギーなら、ドイツもフランスもすぐに行ける。しっかりとした拠点をつくって、ヨーロッパ全土を書いたり撮ったりしながら夫婦で回りたい〟と、張り切っていましたよ」

しかし、幸せな家庭を築きあげ、次の目標に向かっていた夫婦の夢は、無残にも断ち切られた。

5 手紙Ⅰ

男は二七歳になった。名前を関光彦《せきてるひこ》という。わたしは九八年一〇月より、東京都葛飾区小菅《こすげ》にある東京拘置所内で面会を重ね、限られた時間のなかで様々な話をした。光彦は手紙を書くことを承知し、自分の人生と事件に至るまでの経緯、現在の心境を細かく綴《つづ》って送ってきた。

以下、手紙をもとに、一夜にして四人を惨殺した男の内面に迫ってみる。

『ご存知のように、僕は高校も中退してしまい、満足に出ていない者ですから、ひどく無学でたいしたことも書けません。稚拙な文章になり、要領を得ない通信になるかと思います』

一通目の手紙は、こんな断りから始まっている。手紙は、横書きの便箋《びんせん》に黒のボールペンで、一字、一字、丁寧に綴ってあり、しっかりとした読みやすい字である。便箋は一枚ごとに、桜のマークに東の字の入った印が押してあり、東京拘置所の検《けん》閲《えつ》を受けたことを示している。

『今回の一連の事件を起こして逮捕されるまでは、いちおう道は外れかけながらも、一般社会の中に身を置いて暮らしていました（当然、人を殺したのも今回が初めてです）。感情障害はありませんから、人並に喜怒哀楽もあります』

と書いたうえで、犯行の約一カ月前に起こした二四歳のＯＬ強姦事件に触れている。

『被害者の女性とは強姦したその日が初対面でした。前からじっと狙いをつけていたという、ストーカー的犯罪のそれとも違います』

近くに通っていた高校があったこと、土地勘があったことを説明し、犯行場面の描写に移る。

『いきなり後ろから髪の毛をわしづかみにしてひきずり倒し、顔から血がしたたり落ちるまでアスファルトに何度も頭を叩きつけるという、ただの性的暴力とは異なる、限りなく八つ当たりに近い、非道《ひど》いものでした。それでも手は止まらなくて、さらに鼻の骨が折れたのを確認しながらも、鼻血まみれの顔を夢中で殴りつけるという徹底ぶりで、ひと頻《しき》り衝動が収まるまで力まかせに暴行を続けたのです。強姦はいわば、とどめみたいなもので、既にグロッキーになった被害者の体に鞭《むち》を入れるかのように、最後におまけとしてくっついていたにすぎません』
『当時はそれが狂気だという実感もなく、むしろ今まで押さえつけていた本能を解放してあげただけだと、本当は誰もがそうしたいはずなんだと都合のいいように開き直っていました』
暴力の持つ達成感、陶酔感をこんな言葉で綴る。
『傷害にしろ、強姦にしろ、他人の血を見るということは興奮するものです。とくに、しだいに相手が弱ってきて自分に従うようになり、どうにでも好きなように動かせるとなった時に見るそれは、僕の中では勝利の象徴として溜飲《りゅういん》を下げるのに大いに役立ちました。
そして、相手の体を自由に出来るという事は、その人間の生そのものまでを、自分が自由に出来るのだ、という錯覚に落ち入ることにつながっていきます。その決定権は自分の手中にあるという立場に酔ってしまうのです』
強姦がきっかけになって、光彦のなかに、これまで感じたことのない強い〝自信〟が芽生《めば》える。
『一度強姦や強烈な傷害事件を成功させ、クリアしたことで、変な方向に自信を持ってしまい、もう一度やってみよう、出来るはずだ、出来るだろう、となっていたのです。少なくとも犯行の最中だけは、いつもの自分とは違う無敵になれますから、次はもっとそれ以上のものをと、自分はどこまでできるのかを知りたいと際限なくエスカレートしていく欲求を抑えられなくなり、感覚も段々麻痺《まひ》していきました。ですから僕は、ある意味では2／11の強姦事件の夜から、既にあの3／5～3／6の四名もの命を奪ってしまった殺人事件も始まっていたといえるのではないか、と思うのです。一連の事件は、わずか一カ月足らずの間にたてつづけにまとめて引き起こしています。この数字だけ振り返ってみても、異常さが表れているように感じます』

面会を開始した当時、拘置所内の光彦は、見た目は非常に穏やかだった。常にこちらを見つめ、一言一言に頷《うなず》く。会話の真意をくみ取ろうと、真剣に耳を傾けている様子が窺《うかが》える。話す内容も理路整然としており、一見すると、体格のいいスポーツマンタイプの物静かな青年、といった印象だった。顔が赤く染まり、腫《は》れぼったく見えるのは、アトピー性皮膚炎のためという。

『逮捕された当初から今のように普通に誰とでも話ができたわけではありません。それ以前の問題で、面会に来た親相手ですら、会話が成立しなかったくらいです。逮捕された事による動揺というのもお互いにあり、親にしても聞きたいことなども沢山あったでしょうが、散々取り調べ室で一日中囲まれ、機関銃のように次から次へとまくしたてられた所へやってきて、同じように質問責めにされたのではたまったもんじゃありませんでした。よく面会室のガラス越しに両方で怒鳴り合っては注意されたりしました』

『もともと事件を引き起こす前にも、その頃母親の住んでいたマンションで父親とは殴り合いや包丁振り回して大げんかをして救急車を呼んだりさせたこともあったくらいですから、良好な関係にあったとは言えない間柄でしたが、よくよく考えてみれば、もうその時点で僕は普通ではなかったと言えると思います』

一審、二審ともに死刑判決が出たものの、まだ最高裁判決の下されていない光彦は、法律上は未決囚である。懲役囚に課せられる労役もなく、服装も差し入れの服を身につけ、弁当や缶詰、菓子類も外部の専門の業者から購入することができる。新聞や週刊誌、書籍の購読は、冊数等に制限はあるものの、比較的自由である。手紙類の発信は、一日一通（月曜～金曜の平日のみ）と定められている。面会は、弁護士は無制限だが、一般の人間はひとりの拘置者について一日一回（面会同席者は三人まで）、時間も三〇分以内に限られている。つまり、外部からの情報入手や、親族知人等との意思の疎通は、厳格な制限付きとはいえ、定期的に行うことが可能なのである。

光彦は、多いときは、一度に一〇枚以上の便箋を書き送ってきた。その手紙を通読して感じるのは、肉親への怨念《おんねん》の強さである。父親について書き送って欲しい旨《むね》を伝えると、次のような手紙が届いた。

『「小塚俊男」については、僕はよく知りません。昔っからそうでしたが、いつだって裏で何やってんだか分からないところがありましたし、いつだって適当にやり過ごし、その場凌《しの》ぎで取り繕うばかりの生き方を続けている人ですから、信用なんてできません。もうなにを考えているかもわかりません。普通の一般常識を当てはめて、彼の思考を理解しようとしても無理なんじゃないですか。なんたって生まれつきの詐欺師ですからね』

そもそも小学校四年のとき、父親の借金がもとで夜逃げを余儀なくされて以来、親子関係は存在しなかった、とこう書く。

『僕は、9歳後半からときどき否応《いやおう》なしにツラをつき合わせてはいたものの、たいして話らしい話もしたことがなく、ましてや一緒に暮らしていたわけでもないんで知る由《よし》もないことです。初めからいなければいないで済んだものを、自分の用件（金の無心等）がある時だけ勝手に来て、ちょろちょろと人に邪魔ばかりして親ヅラするという、とんでもない野郎でした』

拘置所に囚《とら》われる身になり、父親への憎悪は日毎に増すばかりである。

『自分のギャンブル等の無謀な浪費癖のせいで子供の人生にどれほどの影を落とすことになっているかを何遍、説諭を重ねてみたところで、誰が言っても無駄。他人の精神的苦痛など一顧《いっこ》だにしない奴なのです。それは、僕がこんな事件を起こすようになるずっと前からそうなんですから、現在はもっとどうしようもなく、まるで他人事《ひとごと》という風に傍観者をきめ込んでいます。「俺が育てたわけじゃない！」「俺に親権があったわけでもないし、もう俺の子供なんかじゃない！」と公然と言い放って憚《はばか》らないくらいですから、どうにも救いようがありません』

『性格も大雑把《おおざっぱ》で何事にもルーズ、便所から出てきても手を洗ったところを一度も見たことがないくらい不潔、子供に対しても、自分が気分が良いときだけは接してやって、それ以外は邪魔なお荷物でしかなく、機嫌が悪いときには、憂《う》さ晴らしの道具として扱う、そんなものです』

塀の中で凝《こ》り固まっていく父親への怒りは、ついにはこんな言葉に収斂《しゅうれん》されていく。

『小塚が、俺には関係がないと言うのは勝手ですが、世の中的にはそれをそのまま言わせて認めちゃっといていいんですかねえ。僕なんかは一緒に死刑台に吊るし上げてやらないと納得がいかないし、気が済まないと思っているんです』

幼少時代、溺愛《できあい》してくれた祖父への恨みつらみも容赦がない。

『ジイさんはよく自分一人被害者ヅラして、小塚が全部悪い、みんな潰された、持っていかれたと責任おっかぶせて嘆くのが得意だけど、よ〜く考えてみれば、最終的な決定権はジイさんの方にあったわけです。同じ失敗を繰り返すアホな男を信用して金を与えたり、自分とこの会社内に入れて仕事させたり、保証人になったりするのを決めたのだって、他の誰かに言われたわけじゃない。全部ジイさんが自分で決めたことなんですよね。もっと言えば、最後には結婚容認したのだって、他の誰でもない、ジイさん本人なのです。嫌なら信用もしなきゃいいし、会社にも入れなきゃいいんだし、全部ツッパネて拒否すればいいだけの話。それをまあ、自分で決断しておきながら、延々と恨みごとをグチるばかりとは、いい年こいて情けない。責任逃れ以外の何物でもなく、もっと自分が人を見る目がなかったことを認め、それこそ呪うべきでしょう。そういうとこが女々しくて嫌いなんですよ』

自分の家族、育った環境を分析して、光彦はこう書く。

『家庭内という外に見えにくい密室下で行われる児童への虐待問題等が声高《こわだか》に叫ばれていますが、それと同じくらい歪《ゆが》んだ感覚しか持たない親によって、しつけという名のもとに強要、強制されるねじれた思想、いびつな世界観をインプリンティングされ、植え付けられた心身への、後々になって表出してくる悪影響というのも、かなり怖いものがあるのではないでしょうか』

『僕がいかに社会規範から外れた場所でしか生きられない、狂った欠陥品であるかは既に明らかにされている通り、間違いないところですけど、何も知らない幼い時分に誤った教えを刷り込まれたことによるものも相当大きいと思われます。やっぱりカエルの子はカエル、カエルの親もカエル、殺人鬼の親も殺人犯育成マシーンでしかないということです』

『ウチの家系は、外から見るぶんには、一見ありふれた普通の人間達に見えるかもしれませんが、内実はそんなことなくて、かなり個性的といえば聞こえはいいですけど、常識人の範疇《はんちゅう》を越えた、かなり片寄った人格ばかりの集まりであったと言えます。よくもまあ、と思うくらい、最低最悪な者同士の組み合わせで、ひどいものでした』

わたしは木枯らしの吹く夜、母親と弟が隠れるようにして住む家を訪ねたことがある。拘置所への面会を欠かさず、季節毎の衣類の差し入れを続けている母親は、四人を惨殺した息子のことをどう考えているのだろうか。

フルタイムで働いている母親は夜になっても帰らず、午後八時、代わりに出てきたのは五つ年下の弟だった。顔も体格も兄にそっくりだが、大学に通う弟は、光彦自身が「自分とは正反対の人間」と言うほど穏やかな性格らしく、実際このときも、柔らかな笑顔を浮かべ、「あと一時間もすれば帰ります」と丁寧に応《こた》えてくれた。

夜九時、再び訪ねると、インターホン越しに母親の声がした。

「もう、そっとしておいてください。お願いですから……あの子もいまは反省しているんです。どうか、どうか、お願いですから……」

弱々しい、嗚咽《おえつ》交じりの、消え入るような声だった。

母親に会えなかった旨を光彦に伝えると、こんな激しい言葉を書き連ねてきた。

『ウチの母親ときたら、ひとつもお答えすることをせず、たいへんな無礼を働いたそうで、誠に申し訳ありませんでした。どうもいまいち、自分達の置かれている立場というものがよく分かっていないんですね』

『僕自身、一度くらいは母親の腹の中、本音というのを聞いてみたいと何年も前から思ってはいますけど、おそらく永遠に無理でしょうね』
『責任転嫁するつもりなど毛頭ないですけど、生まれるべくして生まれた死刑囚なんじゃないですかね。ああ、この母親と父親から生まれたのなら、こりゃ僕みたいなのになってもおかしくないなと、時おり笑ってしまいたくなりますから。どっかで断ち切るべき血なんですよ。だいたいですね、あんなところまで来てもらっておきながら、「そっとしておいて」とのたまう神経が分かりません。何を偉そうに、そんな言葉は被害者のご遺族が使う言葉です』
親族を忌《い》み嫌い、罵詈雑言《ばりぞうごん》を投げかける光彦だが、友人、知人に対する言葉は丁寧そのものである。江東区越中島の新築マンションで暮らした小学校時代、キリスト教の一宗派、「エホバの証人」へ誘ってくれた友人がいる。その家族の描写は、別人かと思えるほど、優しく柔らかくなる。
『その子の家へ行くと、いつでもにこやかなお母さんが子供が帰ってくるのを本当に心待ちにしていて、それをまた僕なんかが一緒にいても、気にせず、玄関先でオーバーなくらい抱き合って表現していました。最初は見ているこちらの方が恥ずかしくなってましたけど、慣れると「こういうお母さんもいるんだなあ」と半分あこがれまじりで見ていたものです』

手作りのパンやクッキーの甘い香りが漂う温かい部屋。暴力など無縁の、慈愛に満ちた優しいお母さんとお父さん。翻《ひるがえ》って、自分の家はといえば、凶々《まがまが》しい瘴気《しょうき》に満ちていた。

『江東区に移る前から親達の仲は険悪で、家中に陰気な空気が漂っていたものですが、引っ越して以降、ますますひどくなっていったように僕の目には映りました。夜中にその罵声で起こされることもしょっちゅうでした。そんなこんなで家の中は、精神的にも身体的にも、とても窮屈で息苦しく、身の置き場に困ってしまうほどでした』

『普通に家族でテーブルにつき、食事をしていても、話が続かず、間がもたないんですから、やっぱりどっか普通とは言えなかったと思います。でも、何をどう思っても、仕様がないんですよね。子供の側からは生まれてくる家も親も選べませんし、そこしか帰るところがないわけですから。経済力もなければ決定権もなく、腕力だって親にはかなわないころには、ただひたすら黙って耐えしのんでいくしか方法はありませんでした』

友人のお母さんから初めて、「エホバの証人」の教えを受けた際の驚きをこう記している。それは、両親からは決して感じたことのない〝博愛と思いやり〟への新鮮な驚きだった。

『お母さんが、子供用のひらがなで書かれた経典や絵入りの指導書を見せてくれて、いつも以上に穏やかな口調で説明してくれたんです。それが一番最初に聖書やエホバの証人の教えに触れた瞬間でした。そのお母さんは、支部の中で子供教室の導師《どうし》役をされていたので、なんにも知らない子を相手にするのも手慣れたものだったのではないでしょうか。とても丁寧に、強引に押し切ることもなく、こちらの疑問に納得いくまでつきあってくれました。そこには「子供のくせに」とか「これが絶対正しいんだからそうしなさい」などといった、僕が散々慣れ親しんだ、高圧的な大人の姿は、見当たりませんでした。なにせ、ウチの中で普段そんな風に質問したら、「ウルサイ！」「自分で調べろ！」と言われて、それでおしまいだったものですから』

お母さんの言葉は、これまで抱え込んできた空洞を、温かいもので満たしてくれた。「エホバの証人」を学べば、自分の両親もお母さんのように、優しく物分かりのいい大人になる、と信じた光彦は、以来、熱心な信奉者になる。あの八五年の輸血拒否事件をルポした『説得』（大泉実成《おおいずみみつなり》・著）には「エホバの証人」の信者を描写した、次のような記述がある。

《あなたの家に、聖書とか愛とか希望とかいった、ふだんはめったに聞くことのできない言葉を発してやってくる人がいたら、十中八、九その人はエホバの証人である。もしはっきりさせたければ、有効な見分け方が一つある。その人の顔に思い切りびんたを食らわすのだ。殴り返されたなら、たとえ「私はエホバの証人です」と言っても、その人は決してエホバの証人ではない。真のエホバの証人は、絶対に暴力を振るわないからである。極端な言い方だが、エホバの証人たちは、そのぐらい徹底して聖書の教えを守るのである》

暴力否定を貫くエホバの証人に魅せられた光彦が、後年、陰惨ないくつもの暴力事件を引き起こし、ついには四人殺害にまで及んでしまった事実は、皮肉では片付けられない、あまりにも重い人生の暗転である。ともかく、小学三年生の、純粋であったはずの魂は、聖書の教えに一筋の光を見出《みいだ》したのである。

しかし、やっと獲得した安寧《あんねい》も、忌み嫌っていた父親に、いとも簡単に打ち砕かれてしまう。聖書と経典を目の前で破られたショックと怒りを、このように書く。

『教えを知る者ならだれでも気が狂ってしまうほどの罪であり、だいそれたことですから、生まれて初めて本気で親に立ち向かい、抵抗しました』

『教えを受けた信者には、たとえ家の命令とはいえ、神に背《そむ》く行為は裏切り者として背教者《はいきょうしゃ》になることだときびしく言われていました。このままじゃ本当にこの家は滅びてしまう、と思っていました（だから破産したと知らされたときにも、それみたことか、だから言ったじゃないか、と思ったほどです）』

「エホバの証人」だけがこの世の真実だった少年時代と、冷酷な殺人者へと成長し、獄に繋《つな》がれたいまの自分。振り返ると、苦い後悔があるだけだ。

『学校の友達や地域の集まり、家庭内なんかでは絶対に得られなかったであろう充実感と、人生観を知り、日々の生活に直結する生き抜くための指針（救い）を学ぶことができたこの時間を、僕は現在でも無駄だったとは思っていません。惜しむべきは、中途半端なまま引き離されてしまったことであり、できることならずっと学んでいたかったとそう思います。確かに神を信じ、敬っていたあの頃の気持ちが、踏みにじられることなく、どこかに残っていたならば、その後（19歳）の時のあの神をも恐れぬ所業の数々を少しは抑えることが可能だったのではないかと、そんなことを最近、夢で見ました』

東京都葛飾区小菅一―三五―一A、東京拘置所の住所である。奇《く》しくも葛飾区は、あの小学四年の夜逃げ以来、アパートを転々として暮らした街だった。ちなみに、江戸川区を挟んで東隣は千葉県市川市。祖父の鰻屋があり、そして光彦が一家四人殺人事件を引き起こした街である。エリザベスと三カ月に満たない新婚生活を送った船橋市はその市川市の東に隣接している。

拘置所を中心に半径一〇キロの円を描けば、あの「エホバの証人」と出会った江東区越中島のマンションも、暴力に目覚めた葛飾区青戸のアパートも、エリザベスと同棲《どうせい》生活を送った千葉県船橋市も、四人を惨殺した千葉県市川市のマンションも、すべてがすっぽり収まってしまう。光彦の人生は、東京拘置所を中心としたこの円の中で始まり、迷走し、そして終わる。

東京を西から東に横断する地下鉄日比谷《ひびや》線は、霞ケ関《かすみがせき》、銀座、秋葉原、上野を通り、三ノ輪《みのわ》の先、南千住《みなみせんじゅ》駅の手前から地上へ出て高架線となる。南千住駅を過ぎ、隅田川《すみだがわ》を渡ると、線路の両側には一般家屋と商業ビル、マンションが混在した、白っぽい街が現れる。次の北千住駅から日比谷線は東武伊勢崎《いせさき》線へと乗り入れ、広大な河川敷が広がる荒川を渡れば小菅駅だ。

地上から約一五メートルの高さに位置する駅のホームは、ちょっとした展望台の趣《おもむき》がある。南を向いて立つと、右手に荒川に沿って走る首都高速の高架、そして前方には灰色の堅牢《けんろう》な建物群が見える。東京拘置所である。

小菅駅のホームは、朝夕のラッシュ時を除くと、人影もまばらで、閑散としている。一階の改札へ降りるコンクリート階段には、鳥のフンが白くなってこびりついている。階段の手摺《てす》りに「この付近はハトのふんが落ちますので、ご注意下さい」の注意書きがあった。天井を見上げる。暗い、コンクリートの梁《はり》の上部に鳩が数羽、羽毛を膨らませてじっとうずくまっている。

改札を出て、目の前の路地を右に歩く。前方上空に、まるで空を覆い尽くすように、灰色の首都高速が迫る。正面に、荒川の分厚いコンクリートの堤防。その手前、高速の下には四車線の都道が走っている。路地を三〇メートルほど歩いて都道の歩道を左に折れる。首都高速と都道にひしめく、二段重ねの自動車の群れが、四六時中、排気ガスと轟音《ごうおん》を撒《ま》き散らし、一帯は息苦しさを伴う閉塞《へいそく》感がある。

頭上から降る首都高速の騒音を浴びながら二分も歩くと、左側に拘置所の正門が現れる。(以下、平成二二年当時の描写)扇形《おうぎがた》になった正門前のエリアの左右に鉄柵《てっさく》が設置され、その内部が報道陣の取材場所となっている。有名人が護送される際は、ここにテレビ、新聞、雑誌のカメラマンが入り込み、シャッターチャンスを待つ。

正門を過ぎると、高さ一・八メートルほどの赤いレンガ塀《べい》が続く。上部に有刺鉄《ゆうし》線を張り巡らせた、拘置所の塀である。正門の先を、塀に沿って左側に折れる。一直線の道路。クルマは時折、思い出したように通るだけの閑散とした通りだ。電柱に針金でくくりつけられた、こんな立て看板が目に付く。

「当地域ではオウム信者の居住と布教活動を断固拒否します。小菅西自治会オウム真理教信者追放委員会」

拘置所内のオウム真理教教祖、松本智津夫《まつもとちづお》（麻原彰晃《あさはらしょうこう》）被告を慕う信者が、辺りの安アパートに住み着き始めているのだという。

道路の右側には古ぼけた民家が軒を接して建ち、左手の塀の中には、古びた公団住宅のような建物がズラリと並んでいる。拘置所の職員住宅である。直線道路を三〇〇メートルほど歩くと、面会者の通用門があり、周囲には決まって数台の高級外車が違法駐車している。ひと目で暴力団関係者と分かる、ダボッとしたスーツを着込んだ目付きの鋭い男たち。よたってたむろし、声高に喋っている。門の前には、今時珍しい「純喫茶」の看板を掲げた喫茶店とシャッターの降りた弁護士事務所を挟んで、二軒の差し入れ店が並んでいる。様々な食料品が陳列された店構えは、普通の商店と変わらない。面会人による食品の拘置所内窓口での差し入れは許されていないため、ここで缶詰、菓子類を注文し、料金を支払うと、後日収容者の手に届く仕組みになっている。

鉄製の通用門を入って正面には、高さ六メートルほどの、見るからに分厚い塀が聳《そび》える。拘置所をぐるりと一周し、一般社会と隔絶する、巨大なコンクリートの壁だ。その下部に、スチール製のドアが穿《うが》たれている。内部は薄暗い、洞窟《どうくつ》のような通路で、入るとすぐ左側に面会受付所がある。「面会願」と記されたザラ半紙に、必要事項をボールペンで記入する。「会いたい人の名前」の項に収容者の名前。以下、横書きで「あなたの住所」「あなたの名前」「年齢」「あいだがら」「職業」と続き、「用件（○で囲んで下さい）」で終わる。「用件」には『近況伺いの件（元気かどうかという意味）』『家庭の件』『子供の件』『仕事の件』『裁判の件』『その他』とあり、『その他』だけは具体的な用件を書くようになっている。

「面会願」を職員に提出すると、この日、既に面会人があったか否かを確認したうえで、白いプラスチックの番号札を渡される。弁護士を除く面会人は一日一組（三人まで）に限られているため、先に面会人があった場合、ここで断られることになる。面会受付時間は午前八時三〇分から午後四時まで。間に一時間の昼休み（午前一一時三〇分～午後〇時三〇分）がある。土日祝日は休み、となっている。

番号札を手に外に出て、面会人用の控室に入る。ビニールレザーを張った長椅子が一〇脚。ガラスで仕切られた喫煙所と飲み物の大型自動販売機が二基、公衆電話、トイレ、天井には扇風機。駅のキオスクを連想させる差し入れ店もあり、飲食物のほか、書籍、雑誌類も揃《そろ》っている。なにやら、地方都市の駅の待合室のような、殺風景な空間である。

ここには、様々な顔が集まっている。長椅子に腰をかけ、じっと押し黙ったままの中年夫婦。白髪の小柄な老婆が膝の上に開き、背中を丸めて一心に目を凝らしているのは、般若心経《はんにゃしんぎょう》だ。乳飲み子を抱えた母親は、暗い表情で俯《うつむ》いている。厚底ブーツにミニスカート、顔を茶色のファンデーションで塗りたくった少女は、金髪の少年と声高に喋り、時折、けたたましい笑い声を上げる。携帯電話に向かって、辺りをはばからず「それでシャブがよう——アニキが言ってんだから、しょうがねえだろう」と叫ぶ、暴力団風の男。彼らはお互いを兄弟、兄弟と呼び合い、殺気を全身に張り付かせて、控室内を闊歩《かっぽ》する。ヒョウ柄のワンピースに毛皮のコートを着込んだ、目付きのきつい若い女は、喫煙室でタバコをスパスパ吹かし、まとわり付く三〜四歳の男の子を「うるせえ、このクソガキが！」と、平手でパシンとはたく。しかし、男の子はめげる様子もなく、甲高《かんだか》い声を上げて走り回る。弁護士とおぼしき男性と書類を広げて、なにやら打ち合わせに余念のない、スーツ姿の初老の紳士もいる。この空間では皆、自分の世界に引きこもり、知らない者同士が言葉を交わすことはまずない。

番号をスピーカーで呼ばれると、先の面会受付所の前の洞窟のような通路を通り、金属探知のゲートをくぐる。携帯電話、カメラ等はキー付きのロッカーに預ける。男女二人の職員に荷物のチェックを受けて前へ進み、ドアを開け、いったん建物の外に出る。そこはもう、コンクリートの塀に囲まれた拘置所の内部である。幅一〇メートルほどの中庭を隔てて「面会差入　入口」のプレートのかかった、クリーム色の建物がある。磨《す》りガラスの観音扉を開ける。拘置所内の控室だ。

だだっ広い部屋は、採光が悪く、暗く、湿っぽい。長椅子が一〇脚以上。奥の木製の台の上に、申し訳程度に観葉植物の鉢が三つ。誰も目を向けることのない、貧弱な南天《なんてん》、ゴムの木などの小さな鉢。天井を剝《む》き出しのパイプが走り、コンクリートの床面はところどころ剝《は》がれ、窪《くぼ》んでいる。カビ臭さと消毒薬の臭いが混ざったような、独特の臭気が漂う。殺風景な、ガランとした倉庫のような空間だ。ここで面会人は、また自分の番号が呼ばれるのをじっと待つ。

差し入れの窓口は二つ。金銭が一番窓口で、衣類雑品書籍類が二番窓口。それぞれ、所定の用紙に名前、数量など、必要事項を記入のうえ、差し入れる。書籍は一日に三冊まで、と決まっている。この二つの窓口は、常に人の列が出来ているが、一番奥まったところにある三番窓口（面会事務室窓口）は、逆に人気《ひとけ》がほとんどない。

マスコミ関係者は、荷物チェックの時点で職員にこの三番窓口へ行くように言われる。鉄格子のはまった窓口の横のブザーを押すと、一枚の白紙と、ビニールのホルダーに入った書面を渡される。誓約書の見本書面である。見本に従い、白紙に一字一句、ボールペンで書いていく。

まず冒頭に「誓約書」と書き、本日の日付。次いで「東京拘置所長殿」と断った上で「住所」「氏名（印鑑）」「生年月日」「職業」「勤務先」を記し、最後に以下の文面を書いて終わる。

「本日、貴所に収容中の○○○○と安否の件で面会するにあたり、貴所の規則を遵守するとともに、一切の取材活動ならびにその公表をしないことを誓約いたします」

受付番号と面会室の番号をスピーカーで呼ばれると、三番窓口横の面会室入り口をくぐる。一直線に廊下が伸び、右側に手前から順に一一個の面会室がズラリと並ぶ。指定された番号の部屋に入る。何度訪れても慣れることのない異空間だ。三脚のパイプ椅子があるだけのボックス状の面会室。正面には、金網入りのガラス板で仕切られた、未決囚の座る部屋。息を殺し、座って待つ。と、ガラス板の向こうのドアが開き、刑務官に付き添われた光彦が入ってくる。丁寧に礼をした後、着席する。許された面会時間は三〇分。だが丸々三〇分、使えることはまずない。脇に控え、面会内容を黙々とノートに記す刑務官から「終わります」の声がかかった時点でジ・エンド。時には五分程度で終わることもある。会話内容が理由なのか、それとも刑務官の気分次第なのか。当初は「おかしいじゃないですか。理由を教えて下さい」と、この一方的な時間短縮に対して強く抗議したこともあったが、刑務官は徹底して黙殺。目も合わせてくれなかった。

わたしは、一〇日に一度の割合で拘置所を訪ね、面会の手続きを行ってきた。だが、常に面会できるとは限らない。先に面会人がいた場合、その日は終わり。肩を落として帰るだけだ。外の控室で一時間以上待ち、荷物チェックを受け、塀の中の控室に入っても、全部が全部、会えるわけではない。誓約書を書き上げ、ここでも一時間以上待った揚げ句、光彦からの「今日は予定が入っていて会えない」との伝言を三番窓口の職員に伝えられ、帰ったこともある。わたしの仕事場のある都下東村山市《ひがしむらやま》から葛飾区の東京拘置所まで、電車を乗り継いで往復四時間近くを要する。拘置所に赴《おもむ》く日は、会えても会えなくても、ほぼ一日を費やす覚悟が必要だった。

手紙では『完全に枯れきってしまう前に潔く終わりにしたいと思います』と書いてくる光彦だが、拘置期間が長引くにつれ、感情の起伏《きふく》は激しくなっていく。笑顔で喋る日もあれば、暗い顔で、こちらの言葉にうなずくだけの日もある。それでも、声を荒らげることも、ふて腐れることもなく、終始、誠実な姿勢は変わらない。ただ、九九年一二月下旬からは様子が一変した。原因は、新聞記事だった。一二月一七日、二人の死刑確定者に対し、東京と福岡の両拘置所で死刑が執行された旨を伝える新聞記事だ。日本経済新聞の一二月一七日夕刊には、次のように記されている。

「法務省は十七日、二人の死刑囚の刑を執行したと発表した。関係者によると、執行されたのは埼玉県の母娘殺人事件で刑が確定した佐川和男死刑囚（48）――東京拘置所在監――と、長崎県の雨宿り殺人事件で刑が確定、再審を請求していた小野照男死刑囚（62）――福岡拘置所在監。再審請求中の執行は極めて異例という」

面会室で視線は虚空《こくう》をさ迷い、「眠れない」「この先も正気を保てるか自信がな

た。

本も読めない、メシも食えません」と嘆いた。その日を境にピタッと手紙も止まっ
糞尿《ふんにょう》の臭いも我慢できないんです。精神安定剤を貰ったけど、ちっとも効かない。
い」と訴える。折も折、独房の転居があり、光彦は、「新しい部屋にこびりついた

当時、わたしは光彦の元妻、エリザベスの行方を探すべく、準備を進めている最中だった。面会を重ね、手紙をやりとりする中で、エリザベスに寄せる切ない思いが次第に明らかになってきた。

『ステレオタイプ的な理想のあたたかい家庭像への幻想や憧《あこが》れは人並以上に強く、絶対的な憩い、心の安らぎ、本当の家族ってものを与えてくれそうな女性をどこかで追い求めていました。とくべつ彼女がそれにぴったり当てはまったというわけではないんですが、どこに行っても役立たずで、なんの取《と》り柄《え》もない自分にだってここまで想ってくれる人もいるんだと思うと、たとえ幾《いく》ばくかの打算が含まれていると分かってはいても、充実感を知ることができました。それに一度くらいは誰かに心底《しんそこ》必要とされてみたかったというのもあり、俺なんぞで役に立てるなら、それもまあいいか、なんて考えていたんです』

妊娠したエリザベスがフィリピンへ帰国して一カ月余り後《のち》、一家惨殺事件は起こ

っている。光彦の妻エリザベスが、その後、どうなったのかは誰も知らない。

『僕が事件を起こし、逮捕されてすぐ、大家の要請で住んでいたアパートを引き払わなきゃいけなくなった為、荷物類も全部引き上げてしまったそうですし、ウチの他の家族とは面識もなく、向こうの国の住所さえ一切知らない状況だったでしょうから、その後のことはまったく分かりません。だいたい、ウチの親連中が連絡先を知ってたとしたって、言葉も知らないとこへ、代理として連絡なんかするわけがないでしょう。なにせ当時、あれほど反対して忌み嫌っていた相手なのですからね。何かを望むべくもないのが現状です』

『結局、最後までウチの身内、知人連中と、リズとは一度も顔をあわせていないし、電話口にさえ出たことはありません。よって、一切面識はなかったということになります。逆に、僕の方は向こうに行った時、リズの家族のありとあらゆる知り合いから、遠い親戚《しんせき》まで、全員に紹介され、直接会って祝ってもらってきましたが――』

事件後、行方知れずのエリザベスには、こんな言葉で想いを馳《は》せる。

『彼女のほうにしても、向こうからは僕のアパートの電話と住所以外、知らないわけで、引っ越したことさえ知らされず、移ってしまったままでは、手も足も出ないと思います。だからといって、今更、僕がオリの中にいることを知らされたところで、それはそれで向こうも遠いとこで混乱するだけでしょうし、僕の方も当たり前ですが、何もしてあげられない状態ですから、どうしようもなく、そのままにしてあります。施す手段がないということです。向こうも、もう七年以上経っていますから、あきらめていることでしょう』

九九年一〇月初旬、二人の死刑執行で激しく落ち込む二カ月前のことだ。わたしは、エリザベスに会ってみたい、と伝えた。光彦は一瞬、唖然《あぜん》とし、次いで微《かす》かにほほ笑んだ。会えるかもしれない――だが、希望は一瞬にして打ち砕かれた。光彦が拒否したわけではない。マニラの実家の住所がまったく分からない、と言うのだ。しかし、結婚相手の実家の住所が分からない、などということが果たしてあるのだろうか？

何度か面会を重ねるうちに、彼女の実家がマニラ市内のトンド地区にあることが分かった。東南アジア最大のスラム街として知られる地区である。光彦曰《いわ》く、「バラック小屋が連なるだけの土地だから、住所表示も何もありません」と、すでに諦《あきら》め顔だった。何か、手掛かりになるものが欲しかった。実家周囲の目印、家族――なんでもいい。

届いた手紙には、家族構成と、各々の職業等が記してあった。いつも驚かされるのだが、光彦の記憶力は非常に優れている。以前、夜逃げ後に移り住んでいた、葛飾区青戸近辺の地図を書いて送ってきたことがある。

『ただし七年前当時のものだと思ってください。目印など含めて、今もあるとは限りません』との但し書きのある地図は、起点となる京成電鉄青砥駅から縦横に伸びる道路を、フリーハンドながら、丁寧な線で詳細に書き込んである。道筋の商店、公共施設等も五〇カ所以上、細かく記してある。実際に、地図に沿って歩いてみたが、ほぼ完璧《かんぺき》だった。

手紙にも、光彦が実際に会ったエリザベス・グローリー・ペドロの、一〇人以上の家族の職業、特徴が記してある。大学を中退したエリザベスと同じように、姉も途中で学校を辞め、日本に働きに出たという。そして、幼い弟や妹の学費を送った、と。だが、手紙に親族の名前はない。記憶のみを頼りに書いた、一度きりしか会ったことのない、それも海の向こうのフィリピンの人々のデータとしては、これ以上、望みようのない内容だろう。しかし、これだけで所在を突き止めるのは無理に思えた。たとえ現地に赴《おもむ》いたとしても、広大なスラムの、バラック小屋の大海で迷子《まいご》になってしまうのがオチだろう。

だが、手紙の最後に、重要なヒントが記されていた。『勘で残っていた地名を並べてみます。多分なのであまりあてにされぬよう』と断り、Herbosa Ext の文字が。ヘルボサ通り。

手元のマニラ市内の観光地図を開いてみる。マニラ湾沿いの、チャイナタウンの北方に TONDO の地名がある。しかし、一帯は駅も公園もなく、ほぼ空白地帯となっている。ちなみに、観光ガイドブックで紹介されるトンド地区はこんな具合だ。「チャイナタウンの北はトンド Tondo 地区。スラムの広がるところなので、無用な立ち寄りは絶対に厳禁」

縮尺一万七五〇〇分の一の詳細なマニラ市街英文地図を手に入れ、Herbosa を探した。あった。ヘルボサ通りはトンドの奥まった場所、マニラ湾沿いを走る Marcos Road から、海を背に垂直に伸びる道路だった。しかし、全長一キロ以上あり、実家の所在を突き止める決定的な材料とはいえない。

光彦に改めて訊いても、通りの左右にゴチャゴチャと迷路のように路地があって、その奥のバラック小屋なので、まったく分からない、とのことだった。さて、今後どうすべきか。その思案の矢先に、一二月中旬の、死刑確定者二名の刑執行を知った光彦の落ち込みが始まったのである。

　とりあえず、英文地図を差し入れ、大体の場所に印をつけて返送してもらうことにした。光彦も同意し、年明け、約束通り地図が送り返されてきた。しかし、そこには何も記されていなかった。もちろん、手紙も届かないままだ。このままでは埒《らち》が明かない。日程の問題もあり、一月下旬には、マニラへ赴くことになっている。エリザベスの居所が分かるか否かは別にして、現地の空気だけでも感じておきたかった。

　光彦はマニラの印象をこう書いている。

『メトロ・マニラは貧富の差が極端すぎる街で、一歩裏へ入るとゴチャゴチャしてて人も多く、臭いもきついんですけど、なれてしまうとてもあっけらか〜んとした、のんびりした風景に思えるから不思議です』

『あれこれ口うるさく言われて、押し込められるように育てられた身にとっては、思いっきり心の底からあくびができて、けっこう居心地良かったりもしますね』

　地図がダメなら、大まかの場所でいい。出発の前にひとつだけ、確認したいことがあった。だが、年明けの面会は空振りが続いた。「既に面会人があった」「約束が入っていて会えない、と言っている」——拘置所職員の素っ気ない言葉にがっくりと肩を落として帰路についた。三回目、ようやく面会が実現した。わたしの質問はただひとつ。マニラ湾を背にしてヘルボサ通りの右か左か。光彦の答えは右だった。しかも、通りの先にはマーケットがあり、確かその手前だったはず、という。予想外の収穫だった。三日後、マニラへ飛んだ。

6　フィリピン

どんよりとした灰色の雲が垂れ込めていた。一月のマニラは雨がほとんど降らず、一年中で最も過ごしやすい季節、とガイドブックには書いてある。気温こそ二五度前後で日中はクーラーも必要だが、湿気が少ないおかげで日陰に入れば涼しく、真夏の、猛烈なスコールと、ギラついた太陽に交互に晒《さら》される、噎《む》せ返る灼熱《しゃくねつ》の日々に比べれば天国だ、と。しかし、実際に訪れた一月のマニラは、時折雨が降り、厚い雲に覆われた空から陽《ひ》が射すことはめったになかった。

マニラは喧噪《けんそう》と混沌《こんとん》の街だった。再開発の進む中心部は高層のオフィスビルが建ち並び、海外資本の高級ホテルやデパート、ショッピングセンターがズラリとその威容を競う。しかし、一方では街のあちこちに掘っ建て小屋が軒を連ねるスラム街が点在し、一〇歳前後の花売りの少年少女が裸足《はだし》で客を求めて歩き回っていた。こういったスラムは、マニラ市内に四〇〇以上、存在するという。クルマの渋滞は殺人的で、ガソリン臭い排気ガスと、耳をつんざくクラクションの音が街中に満ち溢《あふ》れている。

投宿したホテルは、その昔、歓楽街で有名だったエルミタ地区マビニ通りのすぐ近くにあった。大音響のロックに合わせて水着姿の若い女たちが腰を振り、明け方まで嬌声《きょうせい》が飛び交っていたというゴーゴーバーやナイトクラブは、市の命令で隣のパサイシティに移り、通り沿いには、シャッターを降ろしたまま朽《く》ちようとしている店舗が無残な姿を晒している。

レストランやファストフード店、スーパーマーケットの出入り口では、腰に拳《けん》銃《じゅう》を下げた屈強《くっきょう》なガードマンが目を光らせ、客をチェックする。辺りは夜ともなると目付きの鋭いチンピラやポン引きが闊歩《かっぽ》し、殺伐《さつばつ》とした空気が漂う。

この寂《さび》れる一方のエリアからマニラ湾に沿って四キロほど北上すると、トンド地区だった。夜半、雨が降り始めた。ホテルの窓から、遥《はる》か彼方《かなた》、トンドの辺りが見える。ネオンサインの類《たぐ》いはほとんどなく、ビルの光も見えず、一帯は雨に黒く滲《にじ》んでいた。あの暗く沈んだスラムのどこかに、エリザベスの実家があるはずだ。

翌朝、ホテルのロビーで、マニラ在住一〇年のジャーナリスト、結城《ゆうき》晶《あきら》氏と落ち合った。氏は内外の新聞、雑誌に数多くの記事を寄稿しており、マニラの表と裏に通じたその取材力には定評がある。日本を発《た》つ前に今回の取材への協力を依頼しており、初対面の挨拶を交わした後、近くのハンバーガーショップに席を移し、打ち合わせを行った。夜半来《やはんらい》の雨こそ止んでいたが、空は昨日と同じ、灰色の雲に覆われていた。

結城氏にこれまでの取材の経緯を説明し、エリザベス・グローリー・ペドロの実家を探し当てたい旨を述べる。結城氏はこちらの言葉にひとつひとつ頷《うなず》き、時折、静かな口調で質問を繰り出す。柔らかな物腰と、温厚な人柄。それが結城氏の第一印象だった。ひと通り、話を聞き終えると、結城氏はこう言った。

「なんとかなりそうですね」

マニラ通のジャーナリストの言葉である。一気に展望が開けた気がした。だが、通りの名前と大まかな位置だけで果たして分かるものか？　しかも、区画整理が施された住所表示のある街ではなく、人々が勝手に廃材を持ち寄って小屋を建て、住み着いた東南アジア最大のスラム街である。

「マーケットとの位置関係が分かっているから、ある程度、絞り込めると思いますよ」

わたしの疑問をよそに、結城氏は席を立った。

流しのタクシーを拾い、乗り込む。結城氏がドライバーにタガログ語で行き先を説明する。海岸沿いの大通りに出ると、一路、北へ向かって走った。マニラを流れる最も大きい河川、パシッグ河を渡ると、途端に街の様相は激変する。鮮やかな緑を茂らせていた街路樹の類《たぐ》いが姿を消し、代わって両側に軒《のき》の低い、角材にベニヤ板やブリキを打ち付けて、屋根をトタンで葺《ふ》いただけのバラック小屋、フィリピンで言うところのバロンバロンが見渡す限り広がっている。

「男の観察力は大したものですね」

結城氏がボソッと呟《つぶや》いた。

「当時の、この辺りの描写が抜群なんですよ」

事前に、手掛かりとなりそうな手紙を抜粋し、ワープロ打ちしたものをFAX送信してあった。光彦の手紙には、こう記してあった。

『一度、リズの家に立ち寄ったのですが、これはけっこうカルチャーショックに近いものがありました。空港から都心部へはわりとにぎやかで明るかったのに、橋を越えたあたりから道は未舗装で穴ボコだらけだし、平屋《ひらや》が並んでいるというよりかは、ホッタテ小屋にトタン屋根ってな感じの建て物がズゥーッとあるだけで、電柱さえまばらで全部同じ家に見えましたから』

九一年当時はコラソン・アキノ政権の末期に当たる。経済政策に於《お》いて、明確な指針を打ち出せなかったアキノ政権の六年間で、全人口の約一割が貧困層へ転落したといわれ、フィリピン経済はどん底状態にあった。当時、トンドに入ると確かに道路は未舗装で、穴が空いたまま捨て置かれていたという。

「ＦＡＸを読んで、そういえば、あの頃は道にでっかい穴が空いていたなあ、と思い出しましたよ」

トンドは、フィリピンの貧困の象徴だった。貧しい農民が、職を求めて首都マニラに集中する。しかし、職はない。とりあえず雨露をしのげる場所を求めて、空き地、河川敷、鉄道沿い、海岸……ありとあらゆる場所に入り込み、拾い集めた板やブリキで小屋を建て、スラムを形成する。その最大のスラムがマニラ湾沿いに広がるトンドである。

くすんだ、渋皮色の街並みが延々と続き、無数の路地が黒い口を開けている。小屋の前では、男たちが膝を抱えて蹲《うずく》まり、半裸の子供たちが、とろんとした目を宙にさ迷わせている。トンドの奥へ入るほど、バラックは粗末になり、風景は荒《こう》涼《りょう》としてくる。じきに、大通りの名前はマルコスロードへと変わる。ここまでくると、マニラ市街でひしめいているタクシーや、米軍のトラックを改造した色鮮やかな小型乗合バス（ジプニー）の姿はきれいに消え失《う》せる。代わりに、汁の垂れる塵芥《じんかい》や、錆《さ》びた鉄骨を山と積んだトラックが轟音《ごうおん》を上げて突っ走る。

「ここです、ヘルボサです」

結城氏の指示でタクシーは、マルコスロードを右に折れ、小路《こうじ》に入って停車した。辺りに通り名を記す標識があるわけでもないのに、なぜ、分かるのか。しかも、区画整理などとはまったく無縁の、バラック小屋が無秩序に建ち並んだこのスラムの真っ只中《ただなか》で……じきに疑問は解けた。じつは結城氏は過去、トンドに住んでいたことがあったのだという。それも五カ月余り。いきさつは割愛《かつあい》するが、ともかくそこでタガログ語を学び、スラムの住人たちと生活を共にした、との話だった。その優しい、温厚な風貌《ふうぼう》からは想像もできない、強靭《きょうじん》なジャーナリスト魂を垣間《かいま》見た思いがした。

ヘルボサ通りを五分も歩くと、先のマルコスロード沿いの悲惨なバロンバロンの街並みとはうって変わって、活気のある光景が広がる。香辛料と油、それにゴミをこね合わせたような独特の臭気のなか、トライショーと呼ばれる、自転車にサイドカーを付けた乗り物が縦横に行き来し、鶏がけたたましい鳴き声を上げて走り回る。

道端では沐浴《もくよく》をしている少女の姿も。でっぷりと太った母親がニコニコ笑いながら、バケツで頭から水を掛けている。裸の上半身に汗を滴《したた》らせ、荷車を押す労働者たち。露店で駄菓子を売る老婆。談笑し、腕を組んで歩く少女たち。通り沿いには、粗末な店構えながら、服や食料品を売る店舗もあり、先へ進むにつれ、通行人の数も増えてくる。

左右には、まるで網の目のように路地が伸びている。路地の間にはロープが張られ、洗濯物が干されていた。バラックの中に小ぎれいなテラスハウスがチラホラ見える。〝ジャパユキ御殿〟だという。トンド一帯はジャパユキさんの一大供給地で、バブルの時代はこぞって若い女たちが日本を目指したらしい。

つまり、こういうことだ。慢性不況で常に失業者が溢れているマニラはロクな仕事がない。なら、いっそのこと、黄金の国、ニッポンで身体を張って稼いでやれ、と女子大生までが中退して、ジャパユキさんに転身する。彼女らの〝成功〟に刺激され、続々と日本行きは続いた。実家に送金して家族を養い、弟妹を学校に入れ、新しい家を建て、ジャパユキを引退した後はサリサリストアと呼ばれる雑貨屋か美容院を持つ。それが、彼女らのサクセスストーリーだった。そういえば、エリザベスも大学を中退して日本へ渡り、家族に送金していたはずだ。

周囲を見廻《みまわ》すと、確かにサリサリストアと美容院が多い。同時に、鋭い視線が、街角の至るところで光る。賑《にぎ》やかな雑踏《ざっとう》のなか、若い男たちがたむろし、何をするでもなく佇《たたず》んでいる。わたしの緊張を察したのか、結城氏が言った。

「トンドが怖い、危ない、というイメージの先行は困りものですが、油断は禁物《きんもつ》です。なんでもあり、の街ですから。要はカモに見えなきゃいいんです」

わたしは擦り切れたジーパンに色の落ちたポロシャツ、結城氏はチノパン、Tシャツに布製のベスト。どう見ても金持ちの日本人ではない。

「ほら、マーケットですよ」

視線の先に、露店が集まった市場。色鮮やかなトロピカルフルーツの山と肉の塊《かたまり》、大小の鮮魚がズラリと並べられ、砂糖にたかる蟻《あり》のように、人々が群れている。光彦の記憶が正しければ、このマーケットを背にして、左前方のエリアにエリザベスの実家があるはずだ。

「彼らに訊きましょう」

結城氏の視線を追う。マーケットの一角に、客を待つトライショーのたまり場があった。ランニングシャツに半ズボンの男たちが、談笑している。

「彼らがこの街の情報に最も通じているんですよ」

結城氏は、男たちのなかに割って入り、身振り手振りを交えて、エリザベス・グローリー・ペドロの家を尋ねた。しかし、皆、顔を見合わせ、肩をすくめる。そのうち、道行く人々が足を止め、好奇心も露《あらわ》に覗《のぞ》き込んでくる。老人も子供も、中年の太った女性、髭面《ひげづら》の男もいる。みるみる人の輪が膨れ上がってきた。甲高《かんだか》いタガログ語が飛び交い、何がおかしいのか、けたたましい笑い声が弾《はじ》ける。結城氏は構わず説明を続ける。だが、反応は鈍い。

「ここには女の子、いっぱいいるよ」

突然、日本語が聞こえた。見ると、髪を金髪に染めた女。二十代半ばくらい。ホットパンツに黒のTシャツ。布地を突き上げる胸と、すらりと伸びた足が眩《まぶ》しい。くびれた腰を、まだ少年といってもいい、険のある顔付きの男に抱かれ、真っ赤な唇がペラペラ動く。「名前だけじゃ分からないよ。ニッポン、行っているコ、いっぱいいるよ。見つかるわけ、ないよ」

言うだけ言うと、尻を振り、ケタケタ笑いながら、行ってしまった。

一〇分ほど経過したが、芳《かんば》しい情報はあがってこない。とりあえず、ヘルボサ通りを引き返し、辺りを聞き込みして回ることにした。

それは、サリサリストアが空振りに終わった後だった。外に出ると、ポツポツと大粒の雨が降ってきた。灰色の空が、一段と暗くなっている。しかし、通りには喫茶店どころか、食堂もない。結城氏と顔を見合わせ、ため息をついたとき、背後から野太い声で呼び掛けられた。振り返ると、トライショーに跨《また》がった男が笑顔で手招きをしている。

「家が分かった、と言っていますよ」

結城氏の言葉に、ドクンと心臓が高鳴った。

「ダメもとで行ってみましょうか」

異存があろうはずもない。男に促され、トライショーの客席、サイドカーの部分に乗る。肩をすぼめて入ると、なんとか大人二人が収まる。一応、ビニールで覆われているため、雨もしのげる。

男は口笛を吹きながらペダルを漕《こ》ぎ始めた。自信満々である。もしかすると……トライショーはヘルボサ通りを右に折れ、脇道に入った。方向は間違っていない。

両側に被さるように、バラック小屋が連なる迷路のような路地を、右に左に入って行く。トライショーが停車した。ひと二人がすれ違うのが精一杯の、隘路《あいろ》の入り口に、椅子を持ち出し、雨に濡れたままじっと座っている老婆がいた。男は歩み寄った。老婆に住所を確認する。得心《とくしん》したように頷くと、奥へと歩いて行く。慌てて追う。左側に、レモンイエローの漆喰壁《しっくい》が見えた。二階建てのテラスハウスだ。その前で足が止まった。振り向き、「ここだ」と指さす。

路地に面した家の前面は白いペンキを塗った鉄柵で覆われ、玄関には鉄の門まで付いている。周囲のバラック小屋の群れからは、明らかに一段浮いた、立派な一戸建てだった。それは、トンドのあちこちで見かけるジャパユキ御殿そのものだ。光彦の手紙にあった、掘っ建て小屋のイメージとはまったく異なっている。本当にここだろうか？

玄関の横の表札を見る。そこには確かに『PEDRO FAMILY』の文字が。結城氏が、奥に声を掛ける。暫《しばら》く間があり、現れたのは、青のワンピース姿の初老の女性だ。短く切った髪は白髪交じりのグレーで、年齢は六十代半ばか。小柄ながら、かなり太っている。エリザベスの名前を出すと、不審気な表情で「ああ、うちの娘だけど」

ここだ、間違いない。エリザベスの実家が目の前に……全身が火照《ほて》った。日本から来た、と伝える。「とにかく入りなさい」そう言ってくれた。男に運賃とチップを払い、玄関をくぐった。

家の内部は整頓《せいとん》され、チリひとつ落ちていない。玄関の左横がリビング、その奥がキッチン兼食堂になっている。リビングにはソファの代わりに、プラスチック製の、プールサイドに置いてあるような白い椅子が五脚あった。女性と向かい合って座る。エリザベスの母親だという。続いて二〇歳前後《ハタチ》の、ジーンズスカートに萌黄《もえぎ》色のTシャツ、ショートカットの女性が横に座る。目鼻立ちの整った、きつめの顔立ちだ。こちらはエリザベスの従姉妹《いとこ》だった。テレビにビデオ、CDコンポ、扇風機、大型冷蔵庫――電化製品は一通り揃っている。小ぎれいなチェストや食器棚も置かれ、とてもスラムの中の家とは思えない。

光彦の名前を出すと、母親は驚いた顔でこう言った。

「おお、テル、あれはいい男だったよ、キリッとした顔でね。身体も大きくてがっちりしていた。ここにも来たことがあるよ」

娘のエリザベスは現在、ここにいるのだろうか？

「日本に行っている。もう、五年間、会っていない。ほら、これ」

母親は、壁に掛けられた、一枚のパネルを示した。

「エリザベスよ。二年前に、送ってきたスナップ写真を引き伸ばして飾っているの」

純白のスーツを着込み、革張りのソファに座った女性は、長い髪と笑顔の、ほっそりとした目元の涼しい、色白の美人だった。光彦の手紙に書いてあったように、確かに、日本人の女性と言われれば通ってしまう顔立ちだ。背後には、ウイスキーボトルがずらりと並んだ棚が写っている。八年前と同じように、日本で水商売に従事していると思われた。

話を交わしているうちに、ペドロ・ファミリーについてこんなことが分かった。

母親は六八歳。父親は昨年（九九年）六月、八四歳で亡くなった。父親はルソン島南部のビコール地方の出身で、若い時分にマニラに出て警察官になった。引退後は、地区の町内会長を務め、近所の住人の様々な相談にのって慕われていた。子供は男二人、女三人。エリザベスは次女で、長女は日本人と結婚、現在、東京にいる。三女はフィリピン人と結婚してミンダナオ島に住んでいる。エリザベスはマニラ市内のイースト大学に通っていたが、二年で中退。長女が働いていた日本へ渡った。学費が続かなかったことと、家族の生活を助けるためだった。

母親の話に耳を傾けていると、周囲がざわつき始めた。わらわらと近所の住人が集まってくる。突然現れた日本の男二人に興味津々《しんしん》なのだろう。好奇心に満ちた視線を向けている。と、なかに二歳くらいの子供を抱いた少女の姿が。そうだ、子供だ。エリザベスの子供はどうしているのだろう。確か七歳になるはずだ。

「子供なんていないよ」

母親の答えは素っ気なかった。いない？　九二年一月、たしか妊娠四カ月で帰国したはずだが……。

「エリザベスは妊娠なんかしていないわ。なにかの間違いでしょう」

取り付く島もなかった。言葉に詰まった。ふいに鋭い視線を感じた。見ると、奥の食堂、テーブル越しにじっと凝視《ぎょうし》している男がいた。三十代半ば。浅黒い、精悍《せいかん》な顔に剣呑《けんのん》な雰囲気がある。白いキャップの庇《ひさし》の下で視線が鋭く光る。椅子に座り、椀《わん》からスープを啜《すす》りながら、挑むようにこっちを見ている。スープを飲み干すとユラリと立ち上がり、歩いてきた。エリザベスの兄だと自己紹介し、椅子に座る。入れ替わるように、母親の姿が消えた。

「あの男はバカヤロウだ！」

兄が険しい顔で怒鳴る。訊くと、光彦はマニラでとんでもない事件を起こしていた。兄は当時、ジプニーの運転手で、光彦を空港まで迎えに出ている。そして事件は、カラオケスナックのウェルカムパーティで勃発《ぼっぱつ》した。光彦は店にいた警察官を殴ったのだという。

「もう、大騒ぎだった。怒った警官は、腰の拳銃を引き抜いて、テルに突き付けたんだ。殴った理由？　そんなこと知るか！　とにかく、おれは殺される、と思ったよ。テルも両手を挙げて、震えていた。おれは、今にもトリガーを引きそうな警官の腕にすがって、必死に頼んだよ。〃この男は日本からの観光客で、何にも知らないんだ、許してくれ〃と。その場はなんとか収まったけど、マニラの警官を殴るなんてとんでもないよ。大バカだ！」

兄は、唇を震わせ、まくしたてた。次いで、隣の従姉妹も、堰《せき》を切ったように喋り始めた。「あいつ、リズに酷《ひど》い暴力を振るってたわ。手の甲を砕かれたこともあるのよ。あたし、腕を石膏《せっこう》で固めて包帯をグルグル巻いているのを見たもの」

この実家の近所でも騒ぎを引き起こしたという。

「道端で、リズが幼なじみの男と立ち話をしていたら、あの男が凄い見幕《けんまく》で怒って〃ほかの男と話をするんじゃない〃と怒鳴ったの。殴られるんじゃないかと思ったわ。とても嫉妬《しっと》深くて、執念深い男だった」

「日本じゃ、部屋から出してもらえないこともあったらしいね」

いつの間にか、母親が横に立っていた。どっかりと椅子に座る。

「わたしがエリザベスに、〃日本で幸せなの？〃と訊いたら、悲しそうな顔で〃幸せじゃない〃と言うのよ。なんでも、しょっちゅう暴力を振るうし、部屋にカギを掛けて、外出を許さないこともある、と嘆いていた。あれはサディストなのかしらね」

母親によれば、エリザベスは、二度と結婚はしたくない、と言っているらしい。

「もう、懲《こ》りたんだと思う。とくに〝日本の男は絶対にイヤだ〟と言っていたからね」

わたしは、日本にいるエリザベスに是非会いたい、と伝えた。

「さあ、どこにいるのかしらね。居場所が分からないのよ」

母親は、シレッとして答えた。

「東京にいる長女からは電話があるんだけどね。長女となら連絡を取り合っていると思うわよ。同じ日本にいるんだから」

次いで、母親が奇妙なことを言い始めた。

「今日は電話がある気がするね」

電話？

「長女から電話があるんじゃないかしら。そんな気がしてならないのよ」

口元に意味ありげな微笑が浮かぶ。まさか超能力者じゃあるまいし、勘でそう言われても対処のしようがない——。そのとき、

「なんでもありの街ですからね」

結城氏が声を潜めた。

「多分、来ますよ。待ってみましょう」

キツネにつままれた気分だった。そういえば、母親が姿を消した時間帯があった。兄が奥の食堂から現れ、それと入れ替わるようにして……突然、周囲がざわついた。玄関先の人だかりをかき分け、中年の小柄な女が現れた。何やらまくしたてている。

「電話が来たらしいですよ」

結城氏が言う。「ついてきなさい」母親は、さも大儀《たいぎ》そうに立ち上がると外へ出た。案内された先は、二軒隣の家だった。穴蔵のような暗い部屋に、なぜかピンク色のオモチャのような電話があった。受話器を受け取り、耳を当てると、流暢《りゅうちょう》な日本語が聞こえた。エリザベスの姉と名乗った。

《事件のことで実家を訪ねたんでしょう。分かっています。リズがあの男と結婚していたからよね》

姉は事件のことを承知していた。

《新聞で知りました。あの男が死刑判決を受けたことも知っています。もちろん、エリザベスも知っています》

次いで、強い口調でこう言った。

《でも、母は何も知らないの。事件のことは言わないでください。母は心臓が悪いから、ショックを与えたくないんです》

姉は、自分の携帯電話の番号を教えてくれた。わたしは、日本に帰ったら必ず連絡する、と伝えて、電話を切った。

実家の居間に戻った。椅子に座るなり、母親はこう言った。

「テルはいったい、何をしたんだろうねえ」

瞳《ひとみ》がキラッと光った。

「ひとでも殺したんじゃないの？」


外は、すっかり雨が上がり、雲間から陽が射していた。濡れた路面が蒸れ、肌に湿気がまとわりつく。トンド地区の外れまで出てタクシーを拾った。

ゴミの浮いたドブ河のほとりに、細長い、いびつな形をした山が横たわっていた。灰色の山一面に草が生え、周囲をぐるりと有刺鉄線で囲まれた、どこか不自然な山。あの、有名なスモーキーマウンテンだった。

四十数年間にわたってマニラ市が吐き出したゴミが、東京ドーム一〇個以上の面積の土地に堆積《たいせき》し、天高く盛り上がっていった、高さ三〇メートルほどの山だ。ある政府高官が、クーデター、幼児売春と併せて「フィリピンの三大名物」と言ってのけた、この世界一のゴミの山には、スカベンジャー（ゴミ拾い）で生計を立てる人々がバロンバロンを建て、最も多いときで四万人が住み着いていたという。腐敗した残飯から出るメタンガスが赤々と燃え、白い煙が覆う山には、商店街も教会もあったらしい。しかし九五年一二月、当時のラモス大統領の命令で閉鎖され、無数にあったバロンバロンも取り壊された。

八年前、光彦が見た、炎と煙のスモーキーマウンテンはいま、山肌を薄い緑に覆われ、静かに佇んでいた。

フィリピンから帰国して一週間後、拘置所を訪ねた。エリザベスの実家が判明し、取材も無事終えたことを伝えると、

「へえ〜、分かったんですか」

光彦の顔に驚きの色が浮かんだ。

「あいつ、日本に来ているんですか」

エリザベスが再び来日していることを知ると、感慨深げな表情を見せた。次いで

フッと視線が和《やわ》らぎ、あごを軽くしゃくった。

「きっと、この近所ですよ」

八年前、二人が同棲し、つかの間の結婚生活を送った千葉県船橋市、それにエリザベスが働くフィリピンパブがあった市川市と、拘置所の所在地の東京都葛飾区は、前述したように一〇キロと離れていない。おそらく、土地勘のあるこの近辺に住んでいるに違いない、というのだ。心なしか、光彦の頬の辺りに喜色《きしょく》が滲んだ。トンドの実家で見たエリザベスの写真のことを伝えた。

「ずいぶん年齢《とし》とってんでしょうね」

薄い笑みが浮かぶ。エリザベスの母親が、妊娠はしていない、と明言したことはとても信じられない様子で、何度も「おかしいなあ、間違いなく妊娠していたんですけどね」と呟いた。マニラで引き起こした〝警官殴打事件〟について訊いてみた。

「ああ、そんなこともありましたねえ」で終わりだった。

帰国後、すぐにエリザベスの姉の携帯電話を呼び出した。しかし、つながらない。一週間、一〇日――無為《むい》に時が過ぎていく。

二月初旬、つながった。女性の声がした。マニラで聞いた、あの声だ。しかし、

《こちらから電話をします》と言うなり、電話は切れてしまう。数日後、姉の代理人を名乗る男から電話があった。男は、エリザベスが現在、夜の仕事に就いていることを教えてくれた。そして、あの妊娠の顚末《てんまつ》も。
《たしかに妊娠していました。でもね、流産してしまったんですよ》
本当だろうか。マニラの母親は、頭から〝妊娠なんかしていない、なにかの間違いでしょう〟と言い張っていた。流産なら、むしろその方が自然なのに——母親の言葉の意味を、男に訊いてみた。
《ああ、エリザベスの母親ですか》
ひとつ、息を呑む音がした。
《じつは、その母親のことで、ちょっとごたついていたんですよ。ずっと電話、通じなかったでしょう》
男の、次の言葉にわたしは絶句した。
《死んでしまいましてね。心臓麻痺でした。たしか、あなたが訪ねて二日後ですね》
二日後——フィリピンを離れた日だ。脳裏を、あのマニラの電話、長女の言葉がよぎった。

〝母は心臓が悪いから、ショックを与えたくないんです〟

男は続けた。

《一家でプールに遊びに行って、そこで倒れたらしいですな。ずいぶん、心臓が弱っていましたから》

一週間後、再び男から電話があった。今度は、側にエリザベスと長女も同席しているという。男はこう言ってきた。《二人が、取材を受けるための条件を出しています》姉妹の条件は、金銭的な見返りだった。五〇万円。とても呑める額ではない。交渉の余地はあるのか、と訊くと、受話器の向こう側で相談しているらしい声がする。耳を澄《す》ます。たしかに女の声が聞こえる。何やら早口で喋っている。光彦の元妻、エリザベスがそこにいる——男の声がした。

《二人とも、交渉の余地はない、と言っています。残念ですな》

呆気なく電話は切れた。

7 手紙Ⅱ

光彦は、塀の外の一九年間を振り返ると、父親の借金による、あの小学四年の夜逃げ体験が「分岐点」だった、と言う。溺愛《できあい》してくれていた母方の祖父母から一方的に拒絶され、電話もかけてくるな、と言われたショックをこう書いている。

『父親はひとり女のもとへ逃げることはあっても、祖父母にだけは見捨てられることはないと信じていたのに、裏切られたようで、やりきれない切なさに打ち拉《ひし》がれる毎日でした。この夜逃げのため、それまで通っていた学校の友達や、親類縁者とも一切連絡を絶ち切られ、身を隠し、常に周りを窺《うかが》うような生活は四年程続きました。アパートには棚ひとつなく、電化製品はもちろん、着がえる服すらありません。八百屋でもらってきたダンボール箱にわずかの荷物を入れ、それをテーブルがわりにして食事をする生活です』

後に暴力沙汰《ざた》を引き起こすたびに頭を下げ、金銭的な尻拭《しりぬぐ》いをしてくれた母親は、事件後も面会を欠かさず、遺族への謝罪を続けている。しかし当時、コンプレックスと猜疑心《さいぎしん》の塊となっていた息子にとって、母子三人の生活を支えるために日夜、身を粉にして働く母親の姿は、家庭の独裁者としか映らなかったようだ。

『家庭内はどうだったかというと、これがまた、昼も夜も母親はうちに居もしないくせに、人の顔をみれば生活指導の体育教師みたいなことしか口にしなくなっていて、本当の意味での親というものは、家の中には存在していませんでした。だから小学校4年以降（10歳〜）は、母性愛というものを受ける機会も失ったまま、食べ物だけを与えられ、あとは勝手に育っていくことになったのです。「あんたが何をやっても片親だからと言われるのは私なんだ」というなんともご立派な世間体至上主義は、その頃から僕が19になった時まで、ずっと一貫して続いていて、相も変わらずといった状態でした（今もそうかもしれません）。家庭内には必要ない、どこからか拾ってきた偽善《ぎぜん》や、いらん正義感ばかり持ち込んでは振りかざして君臨する、独裁者みたいなものです』

『小学校の頃は、言っても殴られるだけだから、口にはしなかったですけど、実際に「片親だから」と陰口を言われるのは子供の僕らのほうなのに、とよく思ったのをおぼえています』

　他人に比べて不幸だ、惨めだ、貧乏だ、と嘆き、荒《すさ》んでいった少年時代。振り返る筆致は、どこか愚痴《ぐち》っぽく、自己憐憫《れんびん》に傾きがちだ。しかし、ネガティブな思考に支配されていた当時、ラジオから流れてきたロック、とくに震えるような感動を得たジミ・ヘンドリックスの描写は、素直で虚飾がなく、躍動する歓びに満ちている。

『心を奪われたのが、ハードロックやヘヴィ・メタル、パンクだったんです。初めのうちはアーチスト名も曲名もさっぱり分からなかったですけど、もの凄《すご》い音圧とアグレッシヴな破壊力がそれはそれは衝撃的で、内臓や魂ごとごっそり持っていかれましたね。一人では抱えきれない欠乏感、虚脱感といったもの、ジグソーパズルを当てはめていくかのように、見事に埋めて補ってくれました。精神の方が欲していた何かを本能的に嗅《か》ぎ取った、そんな感じです』

『ジミ・ヘンドリックスのよく哭《な》き、よく吼《ほ》え、ひたすら唸《うな》りまくるギター・サウンドは、理解できない人にとっては、ただのノイズ（雑音）、騒音でしかないでしょうが、混沌《こんとん》と渦巻くアヴァンギャルドな爆発力は、眩《まぶ》しいほどに輝いて素晴らしく、鬱々《うつうつ》とした気分を突き刺してくる、小気味良い破天荒《はてんこう》さがあります。「LITTLE WING」「FREEDOM」「RED HOUSE」「PURPLE HAZE」「VOODOO CHILD」

などなど、名曲を挙げたらきりがない程です。なぜ他の人達のように自分は、学校や地域社会、家庭、世界のすべてに対してつながりを感じられないのか。そういったことへの返答を示してくれました。とにかくデカい存在ですね。誰よりも尊敬する偉大な人です。ロックし続けるしかない不器用な男。とくべつルックスに恵まれているわけでもなく、背も高くなければ声もいまいち、なのに叡知《えいち》を自在にあやつる優美さを有していて、且《か》つ、血の通ったなまぐささ、埃《ほこり》っぽいあたたかさもある。初めて耳にした瞬間の感動といったら、それはもうオーバーでなく、戦慄《せんりつ》を覚えたほどです。あのアンプをめいっぱいフィードバックさせたサウンド、剝《む》き出しになった神経を鉋《かんな》で削《そ》ぎ落とすかのように独特のシンコペーションで疾走する爆音がたまりません。皮膚の毛穴のひとつひとつから肌に染み込んでくる刺激が、ズタズタにされていた自尊心にちょうど良く、癒《いや》される感じがしました。現在でも彼はロックキッズ達にとって、単なるギターヒーローを超越した教祖的存在ですし、常軌を逸《いっ》した、ワイルドで破滅を求め続けたその生き様も憧《あこが》れとなっています。それはもちろん、言うまでもなく、僕にとっても同じことです』

ロックに夢中になった光彦は、それと軌《き》を一《いつ》にするように、ワルへの道をひた走った。放課後、ひとり浅草に出ては窃盗《せっとう》、かっぱらいを繰り返し、ゲームセンターに入り浸る。カネさえあれば、退屈な毎日と惨めな境遇から抜け出せることを知った。

『いちおう無難に良い子のフリをして、知っている人の前ではなるべく普通に見えるようにしていましたが、小学校も六年くらいになると、少しずつ、普通でいることのためにかなり努力をしなければならない自分がいることに気付きはじめていました』

中学に入るや、抑え込んでいた凶暴性を解き放ち、学校の内外でケンカを繰り返した。おとなしくて目立たなかった小学校時代とは一八〇度違う、一人前の不良少年が誕生した。

その背景には、自分の体力、腕力への自信があった。

『中学に入ってからは、いつの間にか口をきくのは自分と同じ様に片親の子か、フロ無しアパートに住んでいる、似たような境遇の子ばかりになってました。ひけ目を感じることなく話せたからだと思います』

『中1の一年間だけで身長で16センチ強、体重も同じくらい増えたので、相当力も強くなりました。もともと両親ともチビで、僕も人並程度だった体が、以降、一見して成長したのが見てとれる程、図体《ずうたい》がデカくなっていくごとに態度もデカくなり、これで完全に調子に乗って、その腕力を過信しては、何事も力ずくでねじ伏せるようになってしまったのです』

暴力だけでなく、蛇のような執念深さ、したたかさも身につけ始める。

『殴る蹴るだけでやめておけばよかったのに、負かした相手からしっかりと金をむしり取ることも忘れていません。世の中、なんだかんだ言ったって、結局は金しだいなんだ、と達観してしまったのです』

『他校の連中や先輩達と原付きを盗んで乗り回したり、酒やタバコもすぐにやるようになりました。しかし、よもやこの頃には、自分が後に4名もの人命を奪うような殺人犯にまで成り下がるとは考えてもみませんでした。もっとまわりに荒《すさ》んでいる、すごいのがいましたから。そういうのと見比べて、自分はまだ全然大丈夫、という余裕と安心を持って適度に暴れているという感じだったからです』

それでも、まだ心の隅には迷いがあった。不良とはいえ、自分は中学校へ通っているし、授業も受けている。高校進学も当然、考えている。学校へ来ず、毎日街で遊び回っている、ヤクザの予備軍のような、本物のワルじゃない。こんな中途半端なままでいいんだろうか。自分の将来はいったいどうなるんだろう。一度浮かんだ不安は、日に日に大きくなるばかりだった。周囲の大人を拒絶していた自分が頼れるもの。光彦は考えた。ひとつだけ、心当たりがあった。遥《はる》か昔、九歳の自分が強く魅《ひ》かれた「エホバの証人」だった。

『直接、自分がしたことではないにしても、エホバの教理に背き、経典を破り捨てたことに対しての宗教的な罪悪感が、いつまでも尾をひいていて逃れられなくなっていた、というのもありました。たとえどんなことをしてみても、許されなかったら、それはそれで仕様がない。一度でいいから、聖なる教会の祭壇の下か、もしくは告解《こっかい》室で懺悔《ざんげ》しておきたかったのです。成り行きまかせの毎日への不安と、体に染《し》みついていた信仰心がバランスよく結びついたかたちで自分から訪ね、ドアを叩きました。もちろん、同じ学校の誰かや、僕を知っている人間がいる所は避けました。間違っても、そんな姿を誰かに見られたり、出入りしていることを知られただけで沽券《こけん》にかかわってくる大問題ですから（非行少年といわれるような中学生ほど、こういうくだらない面子《メンツ》にこだわるものなんです。せっかく築いた立場まで危うくなり、バカにされかねませんし）』

しかし、光彦の中では、エホバの証人も、カソリックも、プロテスタントも、すべて同じキリスト教だった。訪ねた先は、カソリックやプロテスタントの教会だった。

『どこもまあ、来るものは拒まず的スタンスで迎えてはくれましたが、話をして30分としないうちに、必ずといっていいほど「あなたのそれはエホバの証人の〜」と非難されてしまうのです』

『たいがいは言い合いになり、最後はそこの原理講論を押しつけられてオシマイでしたね。それに、その時まではエホバの証人がそこまで異教徒扱いされる悪名高きものであるとは思ってもいなかったので、けっこう意地になって反論してみせてはいたものの、ずっと信じて依《よ》りかかっていたものをボロクソに否定されて、かなりショックでした』

それでも、いくつかのカソリック教会に通い、毎週日曜のミサに参加したりもするが、エホバの証人で得られたような感動はなく、次第に足が遠のき、ついには行かなくなった。細々とつながっていた宗教との絆《きずな》はここで完全に切れた。

他校の不良たちと盛り場をうろつき、恐喝を繰り返す光彦にとって、通っていた中学の教師は侮蔑《ぶべつ》の対象でしかなかった。当時の教師全員に、こんな強烈な皮肉を浴びせる。

『一人くらいは尊敬できる先生が居てもいいようなものでしたが、少なくとも僕からみて、教育に情熱を持って生徒達に接していると思えるだけの人は一人もいませんでした。皆「さあ、お仕事だから」と書いて張ってありました。だから僕のような残虐極まりない大量殺人者を育成、指導したことに対しても、少しでも責任を感じている教師なんて、おそらく一人もいないでしょう』

『後に入ることになった少年鑑別所の教官達の方が数百倍熱心に、親身になって関わろうとしていました。いかに公立小中学校の教師達が、口先だけ、上辺だけの触れ合いしかしていなかったか、ということが良く分かりました。物を教わるということに関して言えば、僕にとってはそれまで通ったどの学校よりも充実していたように思います』

識者や裁判所、教育関係者は、犯罪の背景を環境や教育、家庭といった外的要因に求めがちである。しかし光彦は、五つ下の弟を引き合いに、世間の常識を真っ向から否定する。

『親のしつけや教育がなっていないからだ、という声もよく聞かれますが、それなら僕にも弟がいますが、ここまで何の問題ひとつ起こさず、非行歴すらありません。はっきり言って、僕と正反対の道を歩いていますから、きっとこれも言い逃れのひとつにしかならないようです』

『だいたい僕のように、いくら叩かれても叱られても、ちっともこたえず、ぶん殴られればにらみ返し、その数を数えといて、将来金属バットでやり返してやる、なんて怨《うら》むだけのガキは、どんな教育方法で育てた所で、すべて無意味だったでしょう。ですから、犯罪者への道を歩んだのは、もっと僕個人の限られた個体としてのパーソナルな部分の問題、資質だったというべきなのだと思っています。ということは、今後いくら真摯《しんし》に反省し、自身の行いを悔やんでみたところで、生まれ持った犯罪者としての根っ子の部分は、永久に変えられないものがあるということです。あきらめるしかないみたいです』

年齢を重ねるにつれ、より凶悪な暴力に手を染めていく光彦は、次第に己の中を流れる血に直面し始める。それは、九歳の夜逃げ以来、別居し、ほとんど顔も合わせなくなった父親の血だった。

『子供の頃から最も似たくなかったはずの父親に、年をとるごとに、自分のやっていることも、だらしない性格も、姿形までそっくりになってきていると気づいてしまってから、平静でいられなくなりました。一番なりたくなかった者になっていて、一番したくなかったことをやってしまっている自分を自分で許せなくなるんです』

『あれだけ憎み、恨み、呪った父親が自分の皮膚の下に入り込んできて、体内にこびりついているような感じがして、寝ても覚めてもそれが頭から離れなくなります』

身体を流れる、紛《まぎ》れもない父親の血。自分の姿形を確認するたびに、突き付けられる親子の証《あか》し。光彦の〝血の怨念《おんねん》〟は、塀の中でどす黒く発酵し、膨《ふく》れ上がっていくばかりである。

『現在でもできることなら体中に流れる血液の中から父親から受け継いでいる遺伝子や細胞、血の一滴にいたるまで、そのすべてを人工透析《とうせき》してでもきれいに取り除いてしまいたいほど、嫌でたまりません』

『僕が事件を起こす前の年くらいから、当時、僕も一緒に住んでいた母親のマンションにその父親が再び現れ、頻繁《ひんぱん》に出入りするようになり、そのうち寝泊まりするようになって、気がついたらまた住みついていました。当然、僕の感情を母親は知っていてそうしていたのです。僕としては、父親は自分のそれまでの人生を180度狂わせた張本人だと思っていますし、ことあるごとに〝こいつのせいでしなくてもいい苦労や屈辱を味わってきたんだ〟と考えていましたから、衝突したのも一度や二度じゃありません』

高校受験はことごとく失敗し、不本意ながら籍を置いた中野区の私立高校は、二年になるとさぼってばかりだった。通学途中の新宿の繁華街や、地元の葛飾区青戸界隈《かいわい》で、ワルの仲間とたむろしては、ケンカ、恐喝を繰り返した。

傷害事件が原因で高校を中退し、街をうろついては悪事を重ねる一六歳の光彦は中学以来の恋人、久美子との仲を裂かれ、暴走する。相手の親を脅迫し、ついには警察沙汰になる。久美子は光彦にとって、唯一無二《ゆいいつむに》の存在だった。

『こっちが求めれば求めるだけのぬくもりを与えてくれる娘でした』

『その頃の僕はしょっちゅう喧嘩《けんか》もしてましたけど、彼女はとても寛容で、ありのままの僕を一切否定せず、そのまんま受け入れてくれていました』

手紙には時として饒舌《じょうぜつ》に、凶々《まがまが》しい生の感情をさらけ出す箇所がある。憎悪する父親を語るときなど、その最たるものだろうし、愛する久美子との仲を引き裂かれた怒りも、未《いま》だ拭い難いものがある。

『向こうの親に言わせれば、ウチの娘が騙《だま》されているんだと。つまり僕が久美子をたらし込んでもてあそんでいると解釈していて、親の財布からときどき久美子が金を抜き取って持ち出しているのも、全部僕が彼女に指図してやらせているんだと因縁《いんねん》ふっかけてきて、警察へ出向いて「あいつを捕まえろ」と喚《わめ》いたりしていました。本当にアホらしいバカげた話です。くだらない常識と屁理屈《へりくつ》ばかり押しつけて、引っ掻《か》き回してくれたおかげで、目茶苦茶になりました。せっかく奇麗事《きれいごと》でなく、本音をぶつけあえる相手を見つけて平和に暮らしていたのに、またあれから殺伐《さつばつ》とした世界に逆戻りですもの、やってられません。どうせならあの時、感情の赴《おもむ》くままに身をまかせて殺しておくべきだったのかもしれないですね。そうしたら、19のときの、まるで関係のない人達でなく、正当な、理由も動機づけもある殺人でまだ済んでいたでしょうから』

『それでも一度沸点《ふってん》に達した怒りを止めたのは、どんなに醜《みにく》い大人であっても、一応は彼女の親だから、という一念だけでした。絶対に貫き通すべきでしたね。後になって、もっとどうしようもない犯罪を犯すわけですから、何が幸いで、何が不幸なんだかわからなくなります。最初は僕の側に立って、一生懸命、必死に弁明していた彼女も、争いが長くなるにつれて、親に言いくるめられてトーンダウンしていき、最後には味方から敵にまわることになりました。ま、そんなもんでしょう、世の中なんて、と現在ならそう思えます』

自分が得意とする分野の話、専門知識に話が及ぶと、どこかこちらを小馬鹿にするような視点が時折顔を出す。例えば、昔の親しい友人たち、バンド仲間とワル仲間は、どこがどう違ったのか、と質問すると、返ってきた手紙はこんな具合だ。

『まずそうですね、第一に見た目からして全然違うでしょう。目つきも違うし、服装も違う。チーマーのロン毛と、お茶の水の楽器屋街によくいる長髪の兄ちゃん達とではスピリッツからして異なります（同じにしたら怒られますよ）。すんごいはしょってわかりやすく言うと、暴走族と地元地廻《じまわ》り系チンピラならパンチパーマ、アイパー、薬方面は覚醒剤《かくせいざい》とシンナーが主流。走り屋系バイカーはリーゼントか長髪にコカイン。クラブ系ならドレッドにヘロイン。チーマー系ヤンキーはエクスタシーに始まって、ハルシオン、レンドルミン（中略）。ミュージシャンだけでも、パンクとストリートビート系、メタル系にファンク、レゲエ、ヒップホップ、全部違います。が、基本的にはみんな、ＬＳＤとマリファナをこよなく愛するという人種です』

『それぞれがお互いに毛嫌いしていて、めちゃくちゃ仲が悪いってのは共通していえることですね（ダセエ奴らとなる）』

お互いが毛嫌いし、敵対しているはずのカテゴリーに、光彦がそれぞれ友人を持ち、親しく付き合っていけたのはなぜなのか？　その理由が知りたかったのだが、ともあれ手紙はお互いの〝棲《す》みわけ〟を、具体例を示しつつ、解説していく。

『好きなモノが違うから、当然ヤッていることも違うし、全部ベツモノなんですよ。考え方もそう。大人の、普通のサラリーマンやってる人なんかからすれば、全部同じ不良とかヤンキー、アウトローとひとくくりにしたがりますけど、同じように見えてポリシーもスタイルもまるっきりちがいます。職とかバイトもそうでしょう。同じ暴走族の中でも、地元のヤクザの下について、準構成員として下働きやってるのもいるし、ガソリンスタンドで車洗っているのもいるし、テキ屋やったり、皿洗いやってたり、もちろんプー（プータローのこと）もいますから、生息地はバラバラなんです。真剣に音楽の道目指すとか言ってるのに限って、水商売のオネエサンに食わしてもらったりもしてます。ヒモと変わりません。ただ言えるのは、絶対にお互いが相いれないってことだけは確かです』

同じ日付の手紙には、ドラッグに憧れ、日常的に使用した理由も述べられている。当時の光彦にとって、ドラッグは生活の一部だった。ロックとドラッグの関係、ドラッグの効果を説明するくだりは、自分の経験を踏まえながらも、客観性を適度に保って整然と綴《つづ》られていく。そこには、先の家族・恋人を語る文面にあった感情や視点の揺れは窺《うかが》えない。

『これはもう、単純きわまりない理由です。バンド組んでた連中や音楽学校（スクール）や貸スタジオ、インディーズショップなんかに通っていた周りの奴らが必ずといっていいほど、誰かしら持ってたからです。とくに自分より優れた（テクニックや理論上の解釈等で）人のやることは注目しますし、どうしても同じように振る舞ってみたくなるものです。だからって、同じプレイが出来るようになるかっていうと、そんなことはないんですけどね。一種の連帯感を味わったり、つながりを大事にするってな意味のこともあるでしょう』

『あとは僕にとってのギター・ヒーロー達の影響も少なからずありました。皆、一度や二度は必ずドラッグ禍を経てきていることに対する畏敬《いけい》の念からもきていたんだと思います。無意識のうちに、音楽で成功する為には必要不可欠なアイテムの一つなのだという風に位置づけてしまっていたようです。どうしても耳慣れてしまっているせいか、それほど忌み嫌うべきものとしてとらえられないっていうのはずっとあって、そういう点では楽器やらない人に比べ、抵抗感が少ないっていうところがあったんですね』

ドラッグを使用することで、少しでも憧れのロックアーティストに近づきたい、とするティーンエージャーの幻想、罪の意識のなさをこう書く。

『今の僕と同じ齢《とし》の時に、薬物中毒で死んでいったジミ・ヘンドリックスをはじめとして、音楽の世界ではべつに珍しくもないことでしたし、どこか狂気すれすれの状態でないと出せない音があるというのも、また事実だと思っていましたから。誰でも知ってそうなとこだけでもローリング・ストーンズのミック・ジャガーとキース・リチャーズ、それからポール・マッカートニー（中略）、今じゃグラミー賞の常連となった大御所中の大御所、エリック・クラプトンだって数十年前のヤードバーズ時代やクリームの頃、デレク・アンド・ザ・ドミノス時代にはスノーやLSDでフラフラだったじゃないですか。逮捕歴のないミュージシャンなんて一流じゃないという言葉があるぐらいですもの、創作活動においては欠かせない必需品なんだろうという認識でした。だからといって、すべてを正当化していいはずもありませんけど、覚醒剤以外なら構わないんじゃないかと安心感みたいなものがあって、罪悪感や思慮《しりょ》が足りないままきています』

ケンカ好きのワルを自認する光彦だったが、上には上がいる。暴力と悪事にどっぷり浸《つ》かった、筋金《すじがね》入りの不良が、街のあちこちにたむろしていた。当時の仲間たちの凄《すさ》まじい暴れっぷりを記した手紙には、絶望的なまでに荒んだワルの群像が、生々しい迫力と共に描写されている。

『中学にも出てこられない（登校拒否児なんかじゃなく、学校側から出てきてもらっては困ると出席停止にされた）ような奴らはとくに人生投げちゃっていましたね。もちろん修学旅行も卒業式にも出してもらえないし、卒業証書すらないという扱われ方をされれば、誰だってそうなるでしょうけど。世の中の全てのものが敵だと言わんばかりの荒れかたでした。毎日やることが他にないというのでは、余計にろくなことを覚えません。施設に入れられりゃあ、なかでもっと歪《ゆが》んじゃっている連中と知り合って、また別の悪さ教わって帰ってくる始末。家庭内暴力ってのはこういうのを言うんだってぐらいのものがありました。気に入らなきゃ親や妹の歯を木刀でへし折り、顎の骨が粉々に砕けるまで徹底してやっていたし、指や足の骨折で入院させるくらいのことは日常茶飯事。シェルターに緊急避難して逃げ込んだと分かれば、今度は親の職場にまで追い込みかけて居られなくしてみたり、それはそれはけっこうな迫力モノでしたよ。もう全然、ハナから格が違うって感じです』(原文ママ)

『自分の女を家出させて、ピンサロで働かせといて、自分は朝の開店前からパチンコ屋に並んで、土日はウインズ(場外馬券売り場)ってな風に、一年中気楽に遊んでいるのもいたし、薬やりすぎてブッ壊れちゃって親類に精神病院へ強制入院させられては、そのつど、いつの間にやら抜け出して、よだれ垂らしながら逃げ帰ってきて訪ねてくるのまでいました』(原文ママ)

他人の命など屁とも思わない連中が、辺りを彷徨《ふら》つき、陰惨《いんさん》な悪事に手を染めていた。光彦の周囲には凶々《まがまが》しい暴力が満ちていた。いつ、死人が出てもおかしくなかった。

『敵対していた他の町内やチームの連中の家にストーブに入れる灯油を買ってきては、夜毎、片っ端から撒《ま》いて火を点《つ》けて廻ったり、待ち伏せして自転車で走ってるとこへ横から角棒突っ込んで転倒させといて有無を言わさずリンチかますとか、その程度のことは平気でやってました。やることがハンパじゃなく、僕なんかとはレベルも次元も違いすぎます。金はなくとも暇だけはいくらでもあって、持て余してブラついているという。しかも集団でしたから、怖いものなんてないんですよ』

(原文ママ)

ワルの世界にどっぷりと浸かっていた一八歳の春、後に正式な妻となったフィリピン人ホステス、エリザベス・グローリー・ペドロと出会っている。エリザベスはじきに、客として訪れた光彦に対し「愛している」を連発するようになる。だが、久美子との一件以来、女性への不信感には根深いものがあった。

『仕事中に客として行ったときもそうですし、電話や外で会ったときにも、何度となく言っていました。というのも、こちらが「ハイハイ、ああそう」とまったく信用せず、単なる営業用トーク扱いで軽くあしらってまともにとりあわなかったから、

余計むきになって、どうにか伝えようとしていたんだと思います』(原文ママ)

そのうち、エリザベスはアパートへも足繁く通ってくるようになり、半同棲状態になる。次は結婚話だった。

『洗脳されたというか、まあ悪い気はしないし、そういうのも楽しそうでいいものなのかもなあ、とだんだんなってきて、そこをたたみかけられたという感じでしょうか』

『頭を胸で抱きかかえるようにされるのも、なんだか無条件に愛される喜びみたいなものが感じられ、それまでそんな風にしてもらったことがないだけに、だんだんと期待に応《こた》えてあげなくては、と思うようになっていったんです』

『日中はずっと一緒に居ましたし、夜は夜で常連客として出入りしていたので、ほぼ24時間、顔を合わせている状態で暮らしていました。不思議と飽きなかったですね、あの頃は』

九一年一〇月エリザベスの故郷、フィリピンへ渡って正式に結婚し、翌年の九二年一月、妊娠が判明。エリザベスが出産のため、フィリピンへ帰ると、以後は、事件に向かって一直線だった。フィリピン人ホステスを連れ出して大騒ぎになり、ヤクザに要求された二〇〇万円、そして複数のレイプ事件と傷害事件——光彦は壊れていった。

あの一家四人惨殺の動機が、ヤクザに要求されていた「二〇〇万円」強奪にあったと認めつつ、次のような自己分析も書き送ってきた。

『それでも本心としては、ご遺族の方々に失礼な言い方になるかもしれませんが、どう考えても執拗《しつよう》に芦沢家にこだわり、自分の一生を捨ててまで、やり遂げる価値があったとは思えないんです。預金通帳は奪えても、現金はほんのわずかで、それ以上を普通のマンションに求めたってたかが知れています。そうなるとお金以外の理由になるのでしょうが、これも現実的ではなく、説得力がありません』

『「新潮45」誌上の池田さんの言葉ではありませんが、「金が欲しかったから」とか「必要に迫られて」みたいなありきたりな説明なら、これまでの検事や警察官の作文で充分事足りてしまいます』（筆者註　当時、月刊誌「新潮45」に連載されていた文筆家・池田晶子《あきこ》氏と陸田真志《むつだしんじ》氏の「往復書簡『罪と罰』・死刑囚との対話（ダイアローグ）」のこと）

手紙は、「一家四人惨殺事件」の前段にさしかかった途端、ガタッと勢いが止まる。あれほど整然と並んでいた文字が崩れて細かくなり、とても同じ人物が書いたものとは思えないほど、読みにくい文面になっている。実は、光彦はこの殺害場面がなかなか書けず、ペンを執《と》り、少し書いては便箋《びんせん》を破り捨てることの繰り返しで、幾度も断念している。それでも、なんとか書き上げて送ってきた。しかし、筆致の乱れと共に内容も、それまでのある種自分を突き放した書き方が一転、自己弁護の色が濃くなる。こんな具合に。

『明日から自分をどう生きていけばいいのか悩み、先の見えてしまった将来に怯《おび》え、己の存在がいつまでたっても確立出来ず、葛藤《かっとう》と疑念を抱え、その日その日をとりあえずしのいで生きていたんです』

『今になって思えば、何で俺がこんな目に、という気持ちから、そのストレスを交通上のトラブルに八つ当たりのような形でぶつけていたのだと思います。そうして毎日のように何かしら、いいがかりや文句をつけてはそこらじゅうでケンカをし、昼夜逆転の生活がますます混乱に拍車をかけていきました』

だが、殺害現場の描写は、犯人でなければ書けない、異様な迫力に満ちている。以下、手紙と精神鑑定書を交えて、事件現場に於《お》ける心理を探っていく。

『平日の、午後夕方近い時間のわりには雨のせいか、誰ともすれ違うこともなく806号室まで辿《たど》りつき、まずはチャイムを鳴らしてみました。直前に電話かけていたから、誰もいないことはわかりきっていたし、仮に誰かいたとしても、彼女以外だったら、彼女の知人のふりでもしておけばいい、ぐらいに考えていたのです』

だが、ドアは開き、北側の部屋では老女がひとり、寝ていた。

第一の殺人――。

『年寄り一人ぐらいなら、まずどんなことがあったって、力で負けることがないはずといった過信と、ひどく短絡的思考から、その眠っていたオバアさんの足を蹴り上げて、無理やり起こしたのです』

光彦は通帳と現金を出すよう、迫った。

『ところがこちらの意に反して、そのオバアさんは僕に従うことはせず、ここにあるだけならくれてやる、といって、自分の財布から数枚の札を放り投げるように出しただけ。しまいにはスキをつかれて電話に手をのばし、通報しようとすらされてしまったのです。見下していた年寄りにそこまでされて、当時の僕が黙っているわけありません』

光彦の体当たりを食らい、馬乗りになられた敬子はそれでも果敢に抵抗し、ツバを吐きかけ、爪を立てた。

『床に配線してあった電気コードを力ずくで引っこ抜き、手元にたぐりよせ、それをオバアさんの首に巻きつけて、このヤロウふざけやがって、老いぼれのくせに、と思い切り引っ張りあげました。どのくらいたったでしょうか。オバアさんの力が抜け、抵抗しなくなってもさして気に止めず、真っ先に洗面台へ駆けていき、頭から顔、首、手に服と、吐きかけられたツバを何度も何度も洗い流しました。そのぐらい、その老婆は当時の僕には醜悪《しゅうあく》な存在でしかなく、そのくさい汚物を吐きかけられたことはショックで、行為そのものも許しがたいことだったのです』

鑑定書では、精神科医（大学教授）に対してツバへの嫌悪感をこう説明している。

「――あなたは、唾《つば》などは大嫌いだね？

駄目ですね。人と一緒の食器使うのも嫌です。

――それでカッとなった？

カッとなったというのもありますけど、嫌なことされると憎悪の気持ちが起こりませんかね。顔洗えばいいじゃないかという人もいるでしょうけど」

「――殺したら、通帳の場所とか教えて貰《もら》えないが？

そうだと思うんですけど、でも、首絞めれば死ぬだろうといわれれば、そうなんですけど、脅しでやったのかなあ、という気持ちもあるんですね。でも、その時の気持ちは思い出せないので、首を絞めるという行為は、やっぱり殺意はあったのかなと思って、公判でも殺意を認めたんですけど」

その後の、不可解とも思える行動を、手紙ではこう説明する。

『オバアさんを殺害した後、すぐにその家を出て、その場を離れています。でもまだこの時点では生まれて初めて人を殺《あや》めてしまったとかいった実感はとぼしく、ただ単に、汚いバアさんに対し、ムカついていて、こんなきったねえとこにいられるか、という嫌悪感の方が強かったです。それでそのまま逃走するなら、誰にも理解できる、犯罪者の典型的パターンなのでしょうが、ここからが僕は普通じゃなかったということになります。この時までなら、犠牲者の数もまだ1名だけで済んだのに、それをしませんでした』

『30分程した後のこと、自分の殺した死体の転がっている所へ舞い戻ります。そして今度は長期戦を覚悟して、タバコと予備の缶ジュースまで買い込んで入っていきました』

金品を物色《ぶっしょく》している最中、母咲代と少女が帰ってくる。

第二の殺人――。

『咲代さんの方は、僕の姿を見るなり、えらく勝気で、攻撃的に挑んできました』

『包丁を手にしていた僕にでさえ、そうなのですから、何も持っていなかったら、噛みつかれるのでは、と思うような勢いでした』

『二人をいっぺんに相手にするのは無理だと考えました。女とはいえ、相手は二人。別々に違う方向へ走って逃げられたら、どちらか一人は確実に逃げてしまいます。今にも走り出しそうで、大声でも上げられたらそれもマズイと感じ、強引にうつぶせにさせ、ポケットの中身を全部出させました』

母子二人を無抵抗にしたうえで、咲代のみを刺した理由を、鑑定書ではこう述べている。

「頭が働く、ずる賢そうな人というか、そういうタイプだったので、それだけ、だてに年取っていないですから、それだけ知恵が働くんじゃないかと思って」

殺意はなく、動きを封じることが目的だったと主張する。以下、手紙より。

『すぐに咲代さんの腰のあたりを3度程サクッといきました。しっかり握り込んで突き刺すというよりも、持っていた包丁を上から垂直にストンと落とすようにして刺したのです。これが僕なりの手加減のつもりで、首筋や心臓でもなければ、頭でもないんだから平気なはず、とそう思っていました。計算通り、大量の血が出たり、口から吐くこともなく、服ににじむのが見てとれただけで、まあこんなもんだろうという感じです。これで走りまわれはしないだろうから、そこでおとなしく見てろよ、とそんなことを口にした覚えがあります。まったく怒りも憎しみもなくてやったので、力も本人は入れていないつもりでしたので、ほっといてもしばらくは平気だろうと、あわててこわがるのをみて、少々いい気味だと思ってみていました』

四歳の佑美が保育園の保母に付き添われて帰宅し、三人で食事を摂《と》った後、家族の死体が横たわる傍らで少女を強姦《ごうかん》。この想像を絶する凄惨《せいさん》な場面の心境を鑑定書で説明している。

「自分としては、時間潰《つぶ》しというか、気分転換というか。

――どういうことか？

頭の中が訳わかんなくなっていたんです。物盗《ものと》りに入ったじゃないですか。すぐに出ていくつもりが、事件になっちゃって、お金探していたら二人帰ってきて、まだ慌てている延長ですね。自分の方が焦るわけですよ。その割には目的は全然達成されていなくて。何をやっているのかな、というような気持ちになりますよ。その間に女の子から家族構成とか聞いていたので、父親が何時頃帰って来るということも聞いていたんで、〝じゃあ待とう〟ということもあった」

「――待っている間、退屈だから？

退屈だからというか、焦っていたし、『いやこれはまずいな』とか、お金盗ってどうしようかな、という気持ちになりますね、今度は、洒落《しゃれ》になんなくなって来たな、とか」

強姦の最中、信次が帰ってくると慌てて物陰に身を潜め、背後から左肩を包丁で一突きに。

第三の殺人――手紙より。

『一回刺しておけば力関係は対等以上に有利になることもあり、迷うことなく行動に移せました。用心の意味の攻撃になります』

『人間の体なんて、思ったよりスウッと力が入っていくものだな、と考えたりしたものです。もっと骨とか筋肉とか、刃ごたえを感じることがあって、手に力が必要なのだろうと思っていたら、全然そんなことはなくて、あれならうなぎをさくときの方がよっぽど力がいるんじゃないかと思うほど、ケーキに包丁を入れるような感じしか手に残りませんでした』

鑑定書では、信次に止《とど》めをさした場面を次のように述べている。

「――いったん出掛けて、また戻ってきたら、信次さんが起きて動いていたわけか？

立ち上がっていたんですよね、テーブルに手を掛けていましたけどね。それで〝これはしてやられたかな〟と思ったんですよね」

「――今度はどんな感じで刺したか？

考えなかったんですね。一番最初に刺したのとおんなじ感じで、入っていって勢いでやったんです。

――刺した後の感じは？

最初に刺した時よりは〝効いたかな〟という程度。

――最初よりも深く？

一度刺したところにまた刺したから。相手は膝をついた。

――出てくる時は相手はどうだったか？

床に手を突いて、お爺さんがテレビを見るような格好」

事務所へ行き、通帳と印鑑を手にした光彦は、少女を連れてホテルに入り、ここで四時間の睡眠を挟み、二度の強姦。

「まあ、一分を争うほどのことはないだろう、と思って、それでホテルに行ったんですね」

明け方、マンションに舞い戻る。

第四の殺人——手紙より。

『3名の方々の死体に囲まれた中で、彼女と2人でボーッとして、どうしていいのかわからずに惚《ほう》けていたところ、それまで寝ていた子が起き出してきてぐずりだし、せまいマンションの室内で自分の両親の惨状を目にすれば、それも当然のことなのでしょうが、いきなり2オクターブくらい高い、小さな子供特有の泣き声でわめきだしました。それまで僕の方は、ただ茫然《ぼうぜん》としていて何の心の準備もできていないところへ、こわれた目覚まし時計か非常ベルが鳴りだしたかのようなデカい声で叫ばれたので、思わずビクッとしてしまい、とにかくなんでもいいから止めなきゃいけないとそれだけを思いました』

気がついた時は包丁を手に持ち、駆け寄っていた、と光彦は書く。

『そのまま勢いにまかせて、泣きわめいているその口を反対側の手を使っておさえたのと同時くらいに背中のド真ん中のあたりを刺しました。かなり深く刺さっていたように見えました。確かしばらくそのまま手を放し、刺さったままにしてあったと思います』

『事件を今振り返れば、どれも防げた悔やまれることばかりですが、この一件が何よりも罪の意識に苛《さいな》まれる出来事となっています』

実はこの殺害現場で、あろうことか友人に電話を入れ、とりとめもない話に興《きょう》じている。

鑑定書より――。

「――君は友達に電話して喋《しゃべ》ったりしているが。

その前じゃないですかね、もっと。

――佑美ちゃんを刺す前か？

前じゃないですか。後かな。内容がなんにもない話ですよ」

鑑定書のやりとりは第一審の判決前のものであり、それを読む限り、罪の意識を感じている様子はない。どこか他人事《ひとごと》のような雰囲気さえある。以下、当時の心境を綴った手紙を紹介するが、実際、逮捕後の光彦は死刑判決まで、自分の犯した罪の重大さを認識していなかったのである。

まず、二四歳のＯＬに対する強姦事件について、こう書いている。

『逮捕され、取調べを受けた時も、その後、生まれて初めて監獄生活を経験するようになっても、反省するどころか、しばらくは「ああ、どうせつかまるのなら学生の頃、昔から好きだった娘《こ》にしておけばよかったよなぁ」と、同じ罪になるならいつそのこと、かねてから憧れだった人を狙っておけば本望なので納得も出来ただろうという意味の筋違いな後悔しかできずにいました。つまり、自分中心のとらえ方ばかりで、被害者の心情に思いを馳《は》せるなんてその頃はまったくしなかったのです。そんな状態でしたから、周りの扱いに猛反発して、塀の外で暮らしていた時と変わらず、荒れ狂っていました』

そして四人を殺害した自分の処遇を、死刑どころか、少年院に送られて一件落着と思っていたのである。

『逮捕された時も、それが当然のように、ああこれで俺も少年院行きか、とそっちの方へ覚悟を決め、てっきりすぐに送られると信じて疑わなかったくらいです。事件後、何カ月かたって、鑑定などが進んでいくうち、少しずつ死刑という言葉も出てきましたが、それでもまだなんとなく自分には死刑はないだろうと考えていました』

四人を惨殺しておきながら、この楽観的な思い込み。背景には、一九歳という事件当時の年齢があった。

『何十回となく非行歴のある同世代の少年や、何度も何度も刑務所に出たり入ったりを繰り返している大人の累犯者《るいはんしや》達が他にいくらでもいることを知っていましたから、少年院どころか、一度も留置場へ入ったことがない自分（前科もない者）に、いくら殺人という大罪を犯したとはいえ、一発で社会復帰や更生の機会すらあたえられないはずはない、と思っていたからです』
『死刑なんてものは自分とはおよそ縁遠いもので、一度殺人を犯しておきながら、刑期を終えてから、あるいは仮釈放中に懲りずにまた同じ過ちを犯すような、どうしようもない、見込みのない連中の受ける刑罰だと。五〇、六〇過ぎて人を殺すような奴らと一緒にされてたまるか、とそういうのもありました。だから僕には関係のない、違う世界のものだと思い込んでいたのです』
死刑は絶対にない、と自信を深める、もう一つの大きな材料があった。八九年一月、光彦の住んでいる街から五キロと離れていない、足立《あだち》区綾瀬《あやせ》で発生した「女子高校生コンクリート詰め殺人事件」である。少年たちが一七歳の女子高生を誘拐し、約四〇日間にわたって監禁、暴行を加え、惨殺。死体をドラム缶に入れてコンクリートを流し込み、江東区の埋め立て地に捨てたこの酸鼻《さんび》を極める事件の判決は、主犯格の少年が懲役二〇年。他の三人も五〜一〇年の懲役となっている。
『僕の育った町のすぐ隣で起きた例のコンクリート殺人の被疑少年達でさえ、あれだけのことをやっといて誰も死刑どころか無期にもなっていないこともあり、本来くらべるべきことではないのですけど、それならまだ俺のほうが長期間ではないし、凶器ひとつ持っていないのだから、まだ頭の中身もまともだと、不遜《ふそん》にもそんなことを考えていました（そう思うことで安心したかっただけかもしれませんが）』
『僕がもっと社会経験も豊富な中高年で、人格も形成されきった大人で同じことをしたのなら、更生の余地なし、矯正《きようせい》教育後の改善可能性ゼロ、もう今さら直らない、と言われても仕方ないのでしょうが、まさかハタチそこそこの段階でそれ以降の人生がなにもかもすべて否定されることになるとは思ってもみなかったのです』

死刑はあり得ない、と信じていた光彦は、自分の将来を思い描いて本を繙《ひもと》き、勉学に励んでいる。

『一審（千葉地裁）の法廷で直接耳にするまでは、ここから真に悔悟をかさね、改心し、努力を続ければ自分は生まれ変われると、その時こそ好きだった街に戻ってやり直そうと信じて夢見ていました。毎日本を読み、足りない人間性を埋めようとしたり、あれ程嫌で仕方なかった勉強まで、昔使っていた教科書や辞書、参考書を差し入れてもらってやるようになっていき、資格も何か取らなければ、なんて真剣に考えていたほどです』

少年犯罪への、その手前勝手な認識には、驚くべきものがある。

『漠然と、20歳までの未成年者ならどんな事件を起こしても、それが窃盗だろうが傷害や殺人だろうが、全員が全員、少年鑑別所へ行って、そこから少年院てとこへ入れられるものだという程度の知識しか持ちあわせていなかったのです。年齢とか犯罪の種類によって、初等や高等などにふりわけられるということぐらいは聞いて知っていましたがそれくらいで、学校の教師どもにからかい半分に聞いてみたことがありましたが、やはり誰もまともに答えられず、何も知りませんでした』

『少年法や刑事裁判のシステムのことなんて、義務教育でこと細かに教えてくれるわけではありませんから、経験したことのある悪友や、先輩達の武勇伝から知るほかなく、それもどこまでが正しいのか、わからないまま鵜呑《うの》みにして格好いいなんて思っていました』

未成年者なら、どんな凶悪な犯罪を犯しても少年院へ行って終わり――「少年」という法律上の年齢的区分けに対する、確信犯的な、救いようのない甘えである。だが周囲の、犯罪を犯し、矯正施設に入れられた仲間を見ても、それほど深刻な感じはしなかったのもまた事実だ。

『周りには、現に入った奴らも何人かいましたけど、これがまたわりとすぐにいつの間にか戻ってきていて、保護司《ほごし》がくっついているのがうっとうしそうなこと以外は全然普通に見えるし、特別切実な感じがしないのです。だから僕なんかは、ちょっと厳しめの体育会系の全寮制高校みたいなところだと思っていて、少年院は嫌だとしても、鑑別所くらいなら行っといても箔《はく》がついていいんじゃないか、と高を括《くく》っていました』

『そんな風にいつもどこかで思っていたから、傷害事件ひとつとっても後先《あとさき》考えずにめちゃくちゃやれたのだと思います。わざわざ計算して、年を意識してやってはいないものの、そういったところを19歳という年齢に甘えていたと言われても否定できませんでした』

では二〇歳なら、無辜《むこ》の四人を惨殺した、冷酷で残忍な事件を引き起こしていない、というのだろうか？　光彦は答える。

『絶対やらなかった、とまでは言い切れないものの、きっかけとなったその前の傷害事件や強姦事件の段階でさえ出来なくなっていたでしょうから、それ以降の雪ダルマ式に発生した殺人へも発展しなかったと思うのです。ハタチという区切りを通過し、嫌でも人生を考えさせる日付を越えることで、これ程までに深刻な被害をもたらす事件は度胸も必要になり、勢いや八ツ当たりだけではできなくなったはずです。僕なんて虚勢を剝《は》いでしまえば、ただの臆病《おくびょう》な根性無しですから』

実際、ワルの仲間たちも、一九歳と二〇歳を明確に分けて行動していたという。

『20になったから、今日から禁煙するか、とか、これを機に酒もシンナーも、ついでに薬もやめるぞ、というのが、わりと一般的な感覚として定着していました。先輩連中を見てても、顔を合わせれば、おいもう俺達もそろそろ落ち着かないとヤバイな、となってバイトから定職についたりしてたのです』

『ああ、これで今日からはパン1個かっぱらっても前科者で、実名報道だということで、より現実的な問題として体感するようになり、そういったことも欲求や衝動をおさえるためのブレーキになり得たはずです。たった1歳というわずかな差のようですが、もうあと一年弱たっていたなら、ずいぶんと状況は変わっていただろうと思います』

密《ひそ》かに抱いていた未成年犯罪へのおめこぼしと、将来への希望は、自らに下された論告求刑（九四年四月四日）でこっぱ微塵《みじん》に砕け散ることになる。

『僕にとっては判決を宣告された時よりも、やはり論告求刑の方が強烈でした。その公判の最後に「死刑が相当」と求刑する検察官のかなり高揚した大きな声が法廷内に響いたときの、あの瞬間が一番衝撃が強かったように思います。それまで密かに思い描いていたささやかな願望なども、まとめて打ち砕かれたような感じがしました。3人出廷していた検事はかなり興奮していたように見えました。まっすぐに被告席の僕の方を見据えて、まるで親の仇《かたき》とばかりにオーバーアクション気味に怒鳴りつけられた時にはドキッとして驚きましたし、その姿がとても異様なものに見え、たじろいでしまったほどです。裁判を受けること自体、初めてだったということもあって、求刑ってこういう風にやるものなのかと戸惑いながらも、いろんな思いが頭の中を駆けめぐり、「死刑」という言葉の意味をまだ消化できなかったと思います。それでもとにかく、すごいことを言っているぞ、ということだけは鼓膜や皮膚を通じて、波動がひしひしと伝わってきました』
『たしかにショックは大きかったのですが、それはどちらかというと法廷を離れて監獄に戻ってからで、法廷に居る間は何十分もずっと打ちひしがれていたということもなく、けっこういろいろ考えられるものなのです。検事の顔を見ながら、仕事でやっているにしては嫌なことをメシの種にする職業だな、これで女房子供、養っているのか、とか、でも検事達のいま言っていることって報復論でしょ、俺がやってきたこととたいして変わらないじゃない、どこが違うの、なんてことも最後まで聞き終える前には感じたりしていました』

検事に対しては、憎悪を滲《にじ》ませた、こんなシニカルな見方もしている。

『その検事は一度も僕を取調べたこともないのに、まるでたった今、この場で殺人事件が起こって、それをすべて間近で見てきたかのような口ぶりで、誇張を加えて話しました。どこからそんな言葉と自信が出て来るのか、不思議でしょうがなかったです。言葉の端々に僕への悪意がたっぷり込められていて、怨恨《えんこん》を投げつけるかのように、数十分間怒鳴り続けるその形相《ぎょうそう》と感情には、最後までついていけませんでした。僕の方はその時点で事件から2年以上経過していて、冷静だったので余計にそういう雰囲気が理解できなかったのです。その担当検事は、ひとしきり勢いよくまくしたて終えると、着席する前に両隣りの検事達と目をあわせ、満足そうに薄ら笑いを浮かべたのが見てとれました。生理的に最も嫌な類《たぐ》いの微笑です。そして、お前ひとりの命ぐらい俺達の力でどうにでもできるんだよ、ざまあみろ、とでもいうかのように得意満面の表情で僕を見ました』

だが、一審（千葉地裁）の死刑判決（九四年八月八日）を受けて初めて、光彦は「一家四人惨殺」の罪の重さを受け止め、犠牲者の苦痛と身も凍る恐怖を知ることになる。

『「死刑」という言葉そのものについては、これからお前の肉体も精神も、その存在すべてを消し去ってやるぞ、と脅迫されたような気がしたのを覚えています。きっと、眼前にナイフを突きつけられたら、こんな感じがするだろうな、と思ったものです。静かで厳粛《げんしゅく》な空気の中、淡々と言い渡された事で、他に退路もない、逃げることは許されない状況に置かれていることがよくわかったからです』

『「死刑」判決を受けて、自分の死を見せられてみて初めて、この時に、僕に包丁を突き立てられて亡くなっていった被害者の方々が抱いた心情というものを理解できたのではないかとも思うのです。これが死刑でなかったら、そのまま味わうことなく過ごしてしまったでしょう』

死刑判決は、逮捕以来、自分が口にしてきた反省の言葉の正体をも眼前に突き付けた。すべては己の「偽善」であった、と。

『分かったような気持ちになって、反省や悔恨《かいこん》の情を恥ずかしげもなく、いろいろ口にしていましたが、そんなもの、いくら並べてみたところで、しょせんは偽善でしかなく、何の意味もないことだったということが、自分の身にふりかかってみると、今はよく分かります。亡くなった方々が、その時味わった苦しみを、僕がこれから何年も継続して身をもって知ることで、これもひとつの罪滅ぼしになればいいと、今はそう思うようにしています。なにせ4名分ですから、少なくても僕は4回は殺されないと償いになりませんから』

東京高裁で二度目の死刑判決（九六年七月二日）を受けて、「偽善」の思いは深まるばかりである。

『現在は亡くなった方々に対し、心から手をあわせ、読経《どきよう》を繰り返している毎日ですが、僕がそうしてても、ご遺族の方々にしてみれば、何の慰めにもなっていないのが現状です。それどころか、年々残された方々の傷は深くなっていってしまっているようなのです。加害者の側の僕がいくら熱心に経文を唱えようとも、それは結局自分自身が自己満足するための儀式でしかないように思えてきます』

ひとり、生き残った少女への気持ちも、こう吐露《とろ》する。

『残された彼女の為に毎日祈り、御詫《おわ》びの言葉をつぶやいてみても、何にもならないどころか、考えてみればこれ以上、自分勝手でひとりよがりな行為もありません。誰のせいでそうなったんだ、と言われてしまうと本当に返す言葉も見つからなくなります。僕がこの手で彼女の家族を奪ってしまっておいて、それでいて今度は彼女に幸せであって欲しいと、無病息災や幸福を願うなんて、はたから見たらこんな矛盾した話はないでしょう。本当は自分が気持ちの上で楽になりたいからやっているにすぎないと、きっとそう見えてしまうと思います』

『自分としては本当に悔いて、そうしたいからしてきたはずなのに、自信が持てなくなります。やっぱり自分の罪の重さに心苦しくなって耐えきれないから、自責の念を少しでも薄め、解放させたいが為に、その逃げ道にしているのではないだろうかと考えてしまい、どこまでが素直な感情からなのか、自分でもよくわからなくなってきてしまいました。こういう風に思うようになったのは、高等裁判所で2度目の死刑判決を受けてからなのです。「いまさらもう無駄なのだから、ぐだぐだ言わずに黙って死んでいけ」と、僕にはそう聞こえました。本当に、自分が今ここに生きている事も含めて、すべてが意味のないことのように思えてきて、何も出来なくなります』

二度の死刑判決は出たが、まだ最高裁が残っている。果たして減刑の可能性はあるのか否か。光彦は自分の「覚悟」をこう綴る。

『これまでも2審の高裁段階までに主張が認められなければ、その後はもう何をやってもダメだ、と支えて下さっている方からも言われていましたから、今はそれがどういう意味だったか、考えるまでもないということです。それに僕の場合は冤罪《えんざい》を訴えているわけでもありません。一応、最高裁判所に上告はしていますが、最高裁は先例絶対主義ですし、同じ様な事案がぽんぽん門前払いをくらっているのを見れば、おのずと結果は見えています。おそらく僕の場合も、件《くだん》の同じ当時19歳だった永山氏の判決が引用されてそれで終わりでしょう』

最高裁で死刑判決を受けた後は、死刑確定囚としての生活が待っている。数年後か、あるいは一〇年後か、いずれにせよ運命の日は確実にやってくる。

一般には窺《うかが》い知れない死刑囚の生活と心理を、克明に描いた小説に『宣告』（加賀乙彦・著）がある。作品中、一人の死刑囚が、死刑の恐怖を拘置所の若い医官に対し、こんな言葉で切々と訴える。以下、引用してみる。

《「いいよ、先生が本気なら、おれも本気で言おう。おれはこう考えただよ。おれたち確定者がこわいのは絞首台で吊されることじゃねえだよ。そりゃ考えりゃこわいけどよ、うん、絞首台だろうが電気椅子だろうがギロチンだろうが殺されるのはあっという間だろ。絞首台だけがとくべつこわいってことはねえだよ。そうじゃなくてよ、本当にこわいのは、いつ殺されるかわかんねえってことだよ。だいたいが長い裁判でやっとこすっとこ死刑を決めて、いざ執行の時になると法務大臣の命令でやるってのはおかしいやね。法務大臣がいつどうして刑の執行をしようとするかわかんねえってのは変じゃねえかよ。刑が確定してから四年も五年も生かしといて、ある日法務大臣がよ、便所で糞ひりながらよ、あいつを殺そうと考えつくと殺される。人間ひとりの命をよ、たったひとりの人間の思いつきでよ、殺すってのは変じゃねえか。こっちは、四年も五年もいつ殺されるかって毎日、そうだよ毎日苦しんで、その苦しみは日数の倍数分だけ、つまりよ、千倍も二千倍にも大きくなってんのに、そのあいだ法務大臣は確定者の苦しみなんか忘れて暮してる。そして、確定者の苦しみはよ、大臣が便所でひょっこり思いつくまで続くってのはおかしいじゃねえかよう。死刑の判決があってから長く生かしたほうが人道的だとでもいうのかい。こっちは、死を待つことが一番苦しい、そうだよ死ぬよりもっと苦しいのによ、その苦しみを毎日毎日続けさせるのが人道的だっていうのかい。ねえ先生、確定者だってよ、苦しみがわかる人間だ、死刑になるってことについちゃあきらめてる人間も多いだよ。だからさっさと決めたとおり殺しゃ死刑の苦しみだけですむのによ、死刑のほかに余計な、死を待つてえ苦しみが加わってよ、その苦しみのほうがずっと大きいだ。そうしてよ、妙チクリンなのは、それが確定者によって違うってことさ。確定後、すぐ執行されるヤツもいりゃ、為や楠本のように長いこと生かされるヤツもいる、同じ確定者の間に、わけのわからねえ差別があるってのは、うん、こんなおかしな不公平な残虐ってねえじゃねえか。え、先生。先生はどう思うだよ」》

死を待つことが一番苦しい、死ぬよりもっと苦しい——拘置所で最高裁判決を待つ光彦は、死刑の恐怖をこう書く。

『もう1度、死刑判決（上告棄却）を受けて、確定囚となっても、当分は生かされていることになります。文字通り、死ぬことで刑になるわけですから、その時までは刑務所の懲役とも違って仕事をするわけでもなく、償うこともできずに、ただ鉄格子の中で過ごすだけの毎日が待ち受けているのです。そして何年か過ぎて、平静を取り戻した頃、ある朝複数の刑務官の靴音が響きわたり、近づいてきたと思ったら、自分の房の前で立ち止まる。独房の錠をまわす金属音がしたところで「本日刑の執行だ」と言われて連れていかれる。いつか必ずくるそんな日の為に、首を吊されることが決まっているのに、毎日今日か明日かと、死の足音に怯《おび》えながら暮らさなくてはなりません。想像するのも嫌な生活です』

小説『宣告』は、文庫本上下二巻で、一二七〇ページ余りの大作である。精神科医でもある作者が、実際に東京拘置所の医官を務めた体験を元に描いた作品だけに、死刑執行の宣告から執行に至る手順、執行の様子、死亡の判定まで、その全編を貫く迫真性は圧倒的である。

わたしは、『宣告』を是非とも、光彦に読ませたいと思った。しかし、一方では、果たしてこの作品を読了できるのか、いや、読了どころか、精神的に大きなダメージを負うのでは、との危惧《きぐ》もあった。なにせ、死刑の恐怖を連綿《れんめん》と綴った手紙を書き、死刑執行の新聞記事を読んではノイローゼになる光彦である。それゆえ、事前に面会室で小説の粗筋《あらすじ》を説明し、差し入れるか否かを問うてみた。しかし、光彦はあっさりこう言った。

「読んでみたいですね」

差し入れて一カ月後、光彦に感想を訊いた。

——最後まで読めましたか。

「ええ、全部読みました」

——どのような感想を持ちましたか。

「物語に引き込まれました。読みごたえがあります。一気に読んでしまいました」

——かなり辛い部分もあったと思いますが。

「あの小説に書かれていることは、ここで実際にある生活ですからね。特別辛いとか、読みたくないとか、そういう気持ちはありませんでした」

――絞首刑のシーンはどうでしょう。生々しい描写の連続で、わたし自身、読み進むうちに息苦しさを感じたほどでした。

「確かに最後のシーンはちょっと……しかし、あれが現実でしょうしね」

――実は、『宣告』の差し入れを躊躇《ちゅうちょ》したのも事実です。

「気をつかってもらって有り難うございます。でも、ぼくは大丈夫です」

すべては杞憂《きゆう》に過ぎなかった。

光彦は獄中での読書が日課になっている。『鉄道員《ぽっぽや》』をはじめとする浅田次郎《あさだじろう》の作品群は、泣けるところがいい、という。また、学生時代、ジミ・ヘンドリックスに憧れ、ギターを演奏し、バンドを組んでいたこともあり、元ロックバンドボーカルの辻仁成《つじひとなり》の作品は一通り読破している。柳美里《ゆうみり》の『ゴールドラッシュ』も、家族の崩壊と少年犯罪を描いて面白かった、と話す。

だが、最も気に入っている作家は花村萬月《はなむらまんげつ》だ。エロスと暴力が充満する花村作品は、そのほとんどを読んでいる。「花村作品に比べたら、他の青春小説なんか屁《へ》みたいなものです。文章の一節一節にグッと心臓を摑《つか》まれ、揺すぶられる感じがします」と語るほどの惚れ込みようである。中でも衝撃を受けたのは代表作『ブルース』だ。作中の次のようなセリフは実によく分かる、という。

《「……コミュニケーションの究極は、なんだと思う？　まず、セックス。そして暴力だよ。セックスについては説明、要らないよね。でも、暴力については、ひとこと言っておきたいんだ。口で言ってもわかんないから、殴っちゃう。拳でわからせちゃう。これって哀しいけどさ、殴ったほうは、凄く気持ちがいいんだよね」》

《「俺、いま、ふたり、殺してきたんだ」

囁くように徳山が言った。村上と綾にことばはない。

「ちょうどセックスしたあとみたいな気分でさ。ぜんぶ億劫なの。心地よい倦怠っていうのかな。正直なとこ、眠りたいんだ。セックスしたあとって、そうだろ？　俺、暴力のあとは、いつも眠くなるよ。肩から力が抜けてさ、すべてのことが、どうでもよくなるの」》

「ほんと、眠くなるんですよね」光彦はポツリと呟いた。

この他、遠藤周作《えんどうしゅうさく》や三浦綾子《みうらあやこ》の、キリスト教をテーマに据えた作品もよく読んでいる。だが、獄中の読書についてはこんな意見を開陳《かいちん》したこともある。

『死刑囚が本を読むのは勉強の為ではないと僕は思います。この先、死んでゆく事が決まっている人間が、知識を増やしたって何の役にも立ちませんから。本を読んでいれば、その間だけは現実から離れて本の世界に逃げ込めるから、という理由に尽きると思います。そのぐらい特殊な環境に置かれているということです』

死刑執行の日は、何の前触れもなく、ある日突然訪れる。最高裁での死刑判決を確信する光彦にとって、それは恐怖と絶望以外の何物でもない。手紙には最高裁判決を前に、千々《ちぢ》に乱れる心の内が赤裸々に綴ってある。

『僕は許されるなら、もう切腹でもして自らの手で責任を取って、とっととくたばりたいと、最近とくにそう思います。その方がみせしめとしての刑罰らしくて良いでしょうし、日本では昔から責任を取る時には定着しているスタイルですから、死刑が決まった人間を無駄に長生きさせておく必要もないと思うわけです』

『これから先何年も、死んでいく為だけにどうやって生きていけばいいのかもわかりません。外界から一切遮断されたコンクリートむきだしの監獄の中で、一年中誰とも会話もせず、希望を抱くことも許されず、何年も何十年も狂わずにやっていく自信も持てないのです。死ぬことが怖くない、と言えば嘘になりますが、それ以上に、先のない毎日をおびえながら生きていかねばならないことの方が怖いです』

刑が定まらないまま過ごした勾留《こうりゅう》生活はすでに八年におよぶ。獄中の八年間を、光彦はこんな言葉で振り返る。

『同級生たちは、19歳〜27歳という人生の中でも最も体力的にも精神的にも充実した時期を過ごし、中にはもう親の立場になった者もいて、それぞれ皆着実に大人になっています。僕はといえばいつまでも成長できないまま、ただオリの中で飼われていただけの8年間。動物園にいる動物達より世の中の役に立ってもいないのです。そういうことを考えずにはいられなくなってきて、本当に惨めで情けなく、自分が生きている価値もない人間だということがよく分かりました』

『こんな奴をこれ以上、何年も生かしといても誰一人喜ぶものもいません。親類縁者や親しくしていた連中もみんな、実際には帰ってきてもらっては困ると思っているのが手紙や言葉の端々から伝わってきていますし、仮に何十年か後に元の世界に戻ると知っただけで気味悪がられるだけです』

現在、母親は外回りの営業の仕事に従事しつつ、週一回の割合で東京拘置所を訪れ、面会を続けている。季節毎の衣類と嗜好品《しこう》、書籍等の差し入れを行い、息子の健康を気遣う日々だ。夏になるとアトピー性皮膚炎がひどくなり、膿《う》むため、着替えも頻繁《ひんぱん》になるという。五つ年下の大学生の弟も、時折面会に赴くことがある。現在、母子二人は、息を潜め、寄り添うようにしてひっそりと暮らしている。この家族のことを、光彦はこう書く。

『僕がこれから何年も生きてここに居るだけで、母親や弟に迷惑をかけ続け、いつまでも肩身の狭い思いをさせてしまうことになります。その母親にしても、自分の産んで育てた子供が凶悪殺人犯と呼ばれるまで成り下がっても、未《いま》だに心の闇を正面から直視しようとはしていません。どこまでいっても、自分の事だけに関心があるようで、自分の息子が憐《あわ》れなのではなく、僕のせいでそれまでの平穏な暮らしを奪われた祖父や自分達がかわいそうなだけで、自分達も被害者だ、といいます。僕によって、すべてをぶち壊されたという恨みつらみを表します。僕がこれからどうなるかということより、自分達がそれまでと同じように何事もなかったかのように生活していけるかということの方が心配なようです』

『僕が少しでも早く消えていなくなれば、みんなが落ち着いて生活できるようになって、段々忘れることもできると思います。皆がそう願っています。身内の者の為にも、世間様の為にも、そして何よりも被害者とご遺族の方々の為にも、関光彦はとっと死ぬべきなのです』

現在の自分は「切り花」だという。

『生を既に断ち切られ、今は生きているが、確実に先の死が見えている、という有り様、自然的に老いて朽《く》ち果てるという死に方でない点でもそういえると思います。もう一切の存在の可能性を断たれていて、これからどう土に植えても根付くことはないのです。だったら、ドライフラワーのようにいつまでも枯れた見窄《みすぼ》らしい醜《しゅう》態《たい》を晒《さら》し続けるよりも、完全に枯れきってしまう前に潔く終わりにしたいと思います。そして次こそは、絶対に、真っ当な人間に生まれ変わりたいと願う次第です』

『死んで骨になっても、誰かのように想い出の地に散骨して欲しいなんてことは望みません。死刑囚の遺骨なんぞをその辺の河川や海に撒き散らかされたのでは、そこに住んでる人にとっては、海洋環境汚染でしかないでしょうし、そんな事して死んでまで、これ以上周囲に迷惑をかけようとは思わないですから。産業廃棄物と一緒に埋めてもらうのが、最も僕のようなものに似つかわしい結末だと思います』

手紙は、現在の己の心情をこう綴る。

『その昔、僕らよりもひと世代、ふた世代ぐらい前の暴走族全盛期に流行《はや》ったという言葉が今の心情に妙にピッタリきます。当時はただ恰好《かっこう》つける為のファッションで口にしてたそうですが、僕は心底、そう思っています。

「生まれてきてゴメンなさい！」

本当にこんな感じです。自分で穴を掘ってでも入りたいとはこのことです。好き勝手、やりたい放題のくだらなすぎた19年間に、この言葉でケジメをつけさせてもらいたいと思います』

8 祈り

年に幾度か、上京するたびに東京拘置所を訪れる壮年《そうねん》の男性がいる。男性は光彦に面会し、様々な話を聞いてやる。面会以外にも、書籍を差し入れ、手紙を書いては送っている。光彦が現在、心を開いているただ一人の人物といっても過言ではない。

男性は熊本の、少女の実家近くにある寺の住職である。寺の納骨堂には、咲代と佑美の母子二人が眠っている。住職は、少女の叔父《おじ》のよき相談相手でもある。そしてこの、犠牲者の菩提寺《ぼだいじ》の住職と、獄中の加害者を結んだのは、供養する光彦の母親、良子の姿だった。

良子は寺を訪れると、納骨堂に安置された位牌《いはい》の前に座って手を合わせ、いつ終わるでもなく拝み続ける。

「お母さんの苦しみは手にとるように分かります。あれだけ重大な事件を息子が引き起こせば、見捨てて当然です。しかし、逃げることなく、正面から向かい合っておられる。わたしは御仏《みほとけ》につかえる身です。苦しみに身を焦《こ》がすひとがいたら、手を差し伸べるのが当然だと思います」

光彦は手紙に、熊本の住職のことを次のように書いている。

『人を殺しておいて、刑に服して死んで、はい終わりでは詫《わ》びにもならないし、癒《いや》されないご遺族もいるだろうなと思うようになり、何かしなければいけない事があるはずと捜し求めていたのです。少しでもご遺族の喪失感をやわらげる方法はないものだろうか、と。幸いにも僕の場合は、被害者の方々が眠る菩提寺の御住職様から日蓮宗《にちれんしゅう》の御法を説いた本や経典を頂き、ご指導を仰ぐことも可能な環境もあって恵まれていますから、自分一人でもご供養を捧《ささ》げることができます』

住職は、「ご遺族のお気持ちは察するに余りがあります」と断ったうえでこう語る。

「残酷な許しがたい事件です。しかし、わたしは彼の心の変わりようも見ています。拘置所で、彼に〝あとから食料を差し入れるから、何か欲しいものはありますか〟と告げると〝できれば缶詰は避けてください。缶詰は担当の刑務官の方に開けてもらわなければなりません。余計な手間をかけたくないのです〟と言うほど、周囲への配慮を示すようにもなっています。わたしは、でき得るならば、死刑にして欲しくない、というのが本音です」

だが、すでに二度の死刑判決が出た以上、死刑は免《まぬか》れないだろう、とも見ている。

「いまは、残された時間を自分と向かい合って精一杯生きてほしい、と思っています。いい教誨師《きょうかいし》さんに付いてもらって、いい最期《さいご》を迎えてほしい、と願っています。もう、お母さんの許《もと》へ帰るには、骨になるしかないでしょう。骨になって、お母さんに抱かれて、安らかに眠ってほしい。今後も、わたしは出来る限り、彼の支えになってやりたいと思います」

母親の良子は九八年九月の彼岸の中日、遺族への謝罪と供養のため、熊本を訪れている。隣には別れた夫、光彦の父親、小塚俊男がいた。

二〇〇〇年春の某日。東京拘置所。朝から雲ひとつない青空が広がっていた。わたしは光彦との面会を許され、分厚いガラス板越しに向かい合い、座った。

——最近、体調はどうですか。

「おかげさまで落ち着いています。精神的にも問題ありません」

——あなたとこうして会うようになって、もう二年近くになりますね。

「そうですね」

——手紙を改めて読んでみて、今日は是非とも訊いてみたいことがいくつかあります。終わりのほうの手紙のなかに〝生まれてきてゴメンなさい〟という箇所がありますよね。あれは、開き直りというか、現実を直視していない感じがしますが、どうでしょう。

「そうですね。自分ではそんな気はありませんが、今考えると、言葉がトッポかったかもしれません。開き直り、と言われれば、そうかもしれません」

——また手紙には自分が起こした罪の背景に、劣悪な環境とか親の存在があった、と読める箇所が多々あります。それは逃避ではありませんか。責任転嫁、といってもいいかもしれません。現に、同じ環境、親のもとで育ったあなたの弟は、大学に通い、至極《しごく》まっとうに生きているわけですよね。さらに言えば、あなたより劣悪な環境に生まれて、正しく生きている人は世の中にいくらでもいます。

「おっしゃる通りです。いっぱいいますよね」

——自分の中に流れる血とか、親のせいにしてしまうのは、卑怯《ひきょう》だと思いませんか。

「そうですね。血のせいばかりではありませんね」

――死ぬこと。死刑は怖いですか？

「あまり考えません。毎日、灰色の壁に向かって、誰とも話さずに暮らしていると、頭がマヒしてしまうんです。鉄格子のはめられた部屋に入れられたら分かりますよ。一～二年でマヒしてしまいます。ただ、何かあると死と直面することもあります」

――その「何か」を具体的に説明してください。

「一緒に暮らしている人がある日、突然、連れていかれるんですよ。ああ、死刑執行だな、と分かる。やはり、死ぬことを考えてしまいます。そういうとき、怖い、と思います。死ぬことはやっぱり怖いです」

――では、生きたいですか。

「(頭を傾《かし》げてしばし黙考)……いや、それは考えません。ここへ面会に来てくれるひとも、皆、僕が死んでいく、と思って会いにきてくれます。だから、生きるとかそういう話は出ないし、生きていく、ということは自分にはもう、関係ないものだと思います」

――ただ、最高裁の判決はこれからです。万が一、無期判決が出て、何十年か先、外に出られるとしたら、どうします。

「いえ、僕の死刑はもう決まっています。たとえ外に出ることが許されたとしても、もうどうやって生きていけばいいのか、分かりません。だから、どうでもいいです」

――今のあなたの生活の中で、救いになっていることはありますか。

「手紙をもらったり、人が会いにきてくれることでしょうか。それと読書も」

――本を読む、という行為は、あなたの置かれている環境の中では、とても重要なことだと思います。しかし、以前、手紙ではこう書いていますよね。『死刑囚が本を読むのは勉強の為ではないと僕は思います。この先、死んでゆく事が決まっている人間が、知識を増やしたって何の役にも立ちませんから。本を読んでいれば、その間だけは現実から離れて本の世界に逃げ込めるから、という理由に尽きると思います』。つまり、読書イコール暇つぶしだと。この考えは今でも変わりませんか？

「いえ、今はもう暇つぶしなどとは考えません。読書のおかげで色んな世界があることが分かりました。自分は、本当に狭い世界しか知らなかったんだな、と痛感しています」

――中学時代に住んでいた青戸のアパートの大家さん、石田夫妻は、あなたのことをとてもしっかりした子供だったと記憶しています。母の日に赤いカーネーションをプレゼントされて、涙が出た、とも。あなたも当時、二人に喜んでもらうのがうれしかったのではありませんか。

「(首を捻《ひね》り) いや、ネコを被《かぶ》っていたというか……母親に言われてやっただけだから。ああ、そんなこともあったなあ、とそれだけです」

――でも、石田夫妻にとっては、感激すべき出来事だったようですよ。

「(再び首を捻り) そうですかねえ」

――熊本のお寺の住職さんは、あなたの心の拠《よ》り所《どころ》、といっても過言ではないでしょう。犠牲者の方々の菩提寺を預かる身でありながら、あなたのことも親身になって考えておられます。いま、住職さんのことをどう考えていますか。

「ああいう人が親戚にいたら、よかったなあ、と。外で出会えていたら、僕の人生も変わっていたかもしれませんね」

この面会の四日後、光彦から葉書が届いた。丁寧な、整った文字でこう記してあった。

『今日はお忙しい中、面会にお運び頂いてどうもありがとうございました。久しぶりにお目に掛かることができてうれしかったです。

おっしゃっていたとおり、たしかに今考えてみると「開きなおっている」ように見えてしまいますし、ずいぶん鼻につくような表現も多いですね。今になって振り返るからそう思えるのか、それとも当時と比べて心境に変化があったのか、あまり自分では分かりませんが、あれでは「気にいらない」と、そう感じる人がいてもぜんぜん不思議じゃないとは自分でもそう思いました。まだまだ本当の意味での反省が足りない証拠だなということがよくわかりました。冷静且つ正確なご意見に感謝いたします。取り急ぎ、御礼まで』

翌日、わたしは再び拘置所を訪ねた。

――昨日届いた葉書のなかに、『まだまだ本当の意味での反省が足りない証拠だなということがよくわかりました』とあります。しかし、あなたは以前の手紙で、『残された彼女の為に毎日祈り、御詫びの言葉をつぶやいてみても、何にもならないどころか、考えてみればこれ以上、自分勝手でひとりよがりな行為もありません』『加害者の側の僕がいくら熱心に経文を唱えようとも、それは結局自分自身が自己満足するための儀式でしかないように思えてきます』と書いています。ならば、あなたにとって、本当の意味での反省とは何なのか？

「いまでも、反省してもなんにもならない、と思っています。本当に謝るべき人々を殺しておいて、いったい何やってんだ、という気持ちはあります。どうやって反省していいのか、分からないのです」

――最高裁で死刑判決が出てしまえば、あなたは死刑確定囚となり、刑が執行される日を待つことになる。その極限の状況に、耐えられると思いますか？

「自分でもどうなるのか分かりません。こうやって、面会も出来なくなるわけだし……ほかの確定囚のひとたちを見ていると、ホント自信がないです。普通でいられる自信がどんどん失《う》せていきます」

――しかし、死刑判決はまだ出ていません。

「いや、近いんじゃないですか。裁判所もせっつかれているみたいですよ。まあ、僕の場合、死刑と決まっていますから」

――手紙にはまた、『次こそは、絶対に、真っ当な人間に生まれ変わりたいと願う次第です』とも書いてあります。あなたは本当に生まれ変われると信じているのですか？

「信じています。信じていないと、目標がなくなります。僕の場合、判決は目標にならないから……でも、自分がもっともっと深いところまで降りていかないと……」

ここで光彦は、フフッと笑い、言葉を継いだ。

「またダメかもしれませんね」

手紙について、もうひとつ、尋ねたいことがあった。殺害場面を記した箇所である。それまでの整然とした文字が突然、大きく乱れ、いわゆるミミズがのたくったような字になっている。別人が書いたとしか思えない筆跡である。その心の揺れを、光彦の口から聞きたかった。

――あの文字の乱れから察するに、相当の動揺があったと思われます。殺害現場を書くことが怖かったのですか？

「怖い、ということはありません」

——では何でしょう。

「………」

——事件から八年経ったいま、あの時の自分に会うのが怖い、つまり、殺害現場の自分を直視するのが怖い、ということはありませんか。

「いや、それはありません。自分がやったことだから、全部覚えています。あの時の自分も、今の自分も、同じ自分です」

——すると、あの文字の乱れは何ですか。

「みっともないんです」

——みっともない？

「そうです。みっともないんです」

——だれに対してみっともないんだろう。

「いや、だれに対して、というわけではありません」

——では、ああいう事件を引き起こした自分が、人間としてみっともない、ということですか。

「いや、そうじゃありません。ただ、みっともないと……」

——そうすると、みっともないことをした自分を直視するのがイヤだということになる。みっともない自分を正面からとらえないで、反省しても仕方ないと思います。

この後、ほんの一瞬だが、ガラス板の向こうの光彦の顔に怒気《どき》が浮かんだ。顔面がスッと白く染まる。初めて見せる、感情の発露《はつろ》だった。唇を歪《ゆが》めて語る。

「そんな、隠しておきたい自分を見つめて、何の意味があるんですかねえ」

――みっともない自分を避けて、反省を口にするのは矛盾していませんか。

「確かに矛盾していますね」

――あなたの言う、みっともない、という意味がよく分かりません。あの事件は、みっともないとか、そういう次元の問題ではないと思います。

「あれはみっともないことなんですよ。それだけです」

――自分の人生を振り返って、何か言いたいことはありますか。

「なかったことにして欲しいんです」

――なかったこと……。

「ええ、チャラというか、すべてがなかったことになればいいのに、と思います。

関光彦は、この世にいなかった、ということになれば一番いい。早くこの世から消えていなくなりたいんです。これ以上、生きていても仕方がありません。早く済ませて欲しいんです」

――あなたの存在そのものをゼロにしたいのですか。

「そうです」

すべてがなかったことになればいい――この言葉を耳にしたとき、わたしは、面会室の床にへたりこんでしまいたいような脱力感に襲われた。この期《ご》に及んで、自分の人生のすべてをなかったことにしたい、と口にする光彦の真意は、もはや理解不能だった。光彦が抱える心の闇は、わたしの想像を遥かに越えて、冥《くら》く、深く、広がっていた。

熊本の今年の桜は、四月三日、満開となった。祖母は、柔らかな桜の花の下で、「ああ、佑美が生きていたら」と思った。孫の佑美が生きていたら、この春、中学二年生になっているはずだ。いったいどんな娘になっただろう。賢くて、優しくて、笑顔の可愛い佑美、すっかり娘になった佑美、成長したセーラー服姿の佑美を想って、祖母は涙を流した。

少女は二四歳になった。高校を卒業後、故郷の熊本を離れ、美術系の大学に進学した。大学時代はアパートにひとり住まいをしてアルバイトに励み、時折、小旅行を楽しむなど、充実した学生生活だった。

わたしは少女と話した。

「もう、事件のことは忘れました。でないと、前に進めませんから。（犯人が）どういう刑を受けようと、まったく関心ありません。でも（極刑は）当然だと思います」

凛《りん》とした声だった。

少女は今年の春、大学を卒業した。折からの不況で、希望する職種に就くことはできず、アパートのひとり住まいを続けたまま、アルバイト生活を送っている。

知人に、自分の将来の希望を、

「母のようになりたい。バリバリ働いてわたしを育ててくれた、母のようなキャリアウーマンになりたい」

と語っている。

9 死刑

「あんなの、ウソですよ」

開口一番、光彦は言い放った。二〇〇〇年九月。それまでの取材結果をまとめた拙著『19歳の結末――一家4人惨殺事件』（新潮社単行本版）を差し入れて初めての面会の場で、光彦は怒りを露《あらわ》にした。

「あり得ませんよ、デタラメです。ウソが書かれています」

わたしは困惑しつつ、訊いてみた。

――どの部分だろう。

「フィリピンですよ。マニラですよ。警官にあんなことをしたら、僕は今頃、向こうの刑務所に入ってますよ」

マニラ――カラオケスナックで警官を殴って拳銃を突き付けられたあの事件のことを言っているのは分かったが、怒りの理由は見当もつかない。光彦は、鈍《にぶ》い野郎だな、とばかりに語気を強めた。

「ほら、マニラには街中でカネをせびってくるのがいるじゃないですか。あの警官もそうだった。だからウルサイ、と腕で払ったら、拳銃を突き付けてきたんです」

今更、なにを言っているのだろう。わたしは、マニラから帰国した後、コトの経緯を面会の席で直接確認している。その際、光彦は、そんなこともありましたねえ、と他人事《ひとごと》のような口ぶりながら認めているのだ。それを指摘すると、唇を尖らせた。

「向こうの兄貴が言ってるだけでしょう。僕はエリザベスの兄貴とは一緒に仲良く遊んだんですけどねえ。恨んでるのかなあ。だとすると、あなたのことを、僕の身内の者だと思っていたんじゃないですかねえ」

的外れの子供っぽい言い分に、さすがにため息が漏れた。許されるなら、おまえが言うべきことはそういうことじゃないだろう、と胸倉を摑んで揺さぶり、諭してやりたかった。光彦は、わたしの困惑をよそに、顔を朱に染めて語った。

「おかげで弁護士さんから責められたんですよ」

えっ、と声が出た。光彦は憎々しげに顔を歪《ゆが》めた。

「おまえ、あんなこともやってたのか、どうして隠してたんだ、けしからんじゃないか、ってガンガン責められて、参りましたよ」

そういうことか。光彦は、弁護士から責められたから怒っているのだ。仮に、マニラの警官を殴ったのか、きみはスゴイな、勇気があるな、とでも言われたら、得意げな顔で、そうでもないですよ、と謙遜《けんそん》してみせるだろう。

光彦は、己が他人からどう見られているのか、異常にこだわる。常に体面とかメンツを気にする。こんなことがあった。獄中からの手紙が初めて届いたときだ。便箋からいい匂いがする。嗅《か》いでみると、それは香水だった。独房で書き上がった手紙に香水を振りかけている大量殺人犯――どこか歪んでいる。

わたしは、ちょっと待ってくれ、と呼びかけた。

――あなたがいま言うべきことはそういうことじゃないと思う。

光彦は、なにを言ってるんだ、こいつ、とばかりに睨《にら》んできた。

――拳銃云々《うんぬん》は瑣末《さまつ》なことだ。あの本にはあなたに殺された被害者の遺族の悲しみとか怒りがいっぱい詰まっていたでしょう。あなたはそれについてどう感じたのか、まず語らなければならない。それが筋だ。そうは思いませんか。

頭の芯がカッカとしていた。愛する娘と四歳の孫を刺し殺された祖母の地獄の日々に思いを馳《は》せることのできないこいつは、やっぱり救いようのないクズだ。

「そんなの、分かってますよ」

子供のように拗《す》ねてそっぽを向いた。わたしは最早、語る言葉もなかった。

実は、単行本を上梓《じょうし》して以来、同業のライターや編集者から様々な声が寄せられた。よく取材した、と好意的な意見もあったが、なかには、あんなどうしようもないヤツを取材する必要はない、読後感が悪い、と否定的な声もあった。面と向かって、「今後のためにももっと建設的な仕事、賞を狙えるような仕事をしたほうがいい」と言われたこともある。

ともかく、降り注ぐ冷笑には、さすがに戸惑った。それでもわたしは、関光彦と離れようとは思わなかった。最後まで付き合う、という当初の決意が揺らぐこともなかった。理解できないモンスターだからこそ、いっそう取材意欲をかきたてられた、といえば簡単だが、いまになって分かる。わたしは塀の中の光彦に魅入られていたのだ。

単行本が出た後も、面会と手紙のやりとりを続けた。

翌一〇月、実現した二度目の面会で、わたしはまたまた困惑することになる。ガラス板の向こうの光彦は、より攻撃的になっていた。

あろうことか、ひとり生き残った少女を、口を極めて罵《ののし》ったのだ。

「あの子は僕のことが分かっている。すべてを知っている。なのに、本当のことを言わない。おかしいですよ」

唇をねじ曲げ、薄笑いを浮かべて、ヘラヘラと挑発するように語った。

「あなたの取材にもまともに応《こた》えない。とんでもない人間だと思いませんか――」

とんでもないのはおまえだろう、という言葉を辛《かろ》うじて呑み込んだ。聞くに堪《た》えない罵詈《ばり》をわたしが咎《とが》めると、光彦はがらりと態度を変えた。逞《たくま》しい肩をすぼめ、俯《うつむ》き、「もっと早くあなたに出会っていればよかった。塀の外で会っていれば僕も変わっていたと思うんです。僕にはそうやって叱ってくれる人間がいなかった」と、消え入りそうな声で訴えたのだ。

同情を買おうとしたのだろうか。それとも本音なのか。わたしには分からなかった。

分かったのはただひとつ。この男は反省していない、ということだけだ。

関光彦というモンスターと付き合うようになり、じきに心のどこかで、このままでは済まないな、と感じるようになった。手痛い代償を払わされるに違いない、との確信めいた思いもあった。口では「切腹でもして死にたい」「潔く終わりたい」と殊勝《しゅしょう》に語る光彦は、実は底知れぬ生命力の塊である。わたしは面会を重ねる度に、一夜にして四人を殺しながら、生への欲望がまったく枯れない男のエネルギーに翻弄《ほんろう》され、心身ともに削られていく気がした。

光彦は、わたしが過去、取材したどの殺人者よりも遥かに深い、桁外《けたはず》れの闇を抱えている。たとえば一九九六年、広島で起きた連続女性殺人事件がある。三四歳のタクシー運転手、日高広明は夜の街で拾った売春婦や援助交際目的の女子高生四人を次々と絞殺。広島の歓楽街をパニックに陥れた後、犯行に使われたタクシーからアシが付き、逮捕されている。

わたしは広島地裁の法廷で、この殺人鬼の懺悔《ざんげ》を目《ま》の当たりにした。ずんぐりした冴えない小男の日高は、顔を真っ赤にして語った。

「わたしは許されるなら、いますぐ死んでお詫びしたいと思いますが、それだけではとても罪の償いに足りません。刑が執行されるまで、死の恐怖と向かい合い、惨めな姿を晒してのたうち回り、被害者の味わった死の恐怖、その苦痛の何分の一かを味わうことができたら、初めてひとつの償いになると思います」

途中から涙をポロポロと流し、拳を握り締め、吠えるように語った。

「願わくば、一日も早く被害者のもとへ行き、謝りたいと思います。自分はいったい、何のためにこの世に生まれてきたのか、どのような生き方をしてきたのか、それを考えると辛く、悲しい気持ちでいっぱいです」

日高は取材を続けるわたしへ、獄中からこんな手紙を送ってきた。

『これまでの三年間、何回となく、否、何百回と想い悩み、そして苦しんで、眠れぬ夜も幾多あったか分かりません。しかし、事、ここに至っては、もう何も申し上げることはありません』

一審の死刑判決（二〇〇〇年二月）後、日高は控訴の手続きをとらず、死刑が確定した。（二〇〇六年一二月二五日　広島拘置所にて死刑執行　没年四四歳）

少なくとも日高は分かりやすい。だが、光彦は分からない。分からないから、取材者はより接近を試み、その黒々とした邪悪な渦《うず》に巻き込まれていく。無事で済むはずがない。

そして不吉な予感は、単行本の仕上げを進めていた二〇〇〇年の初夏に現実のものとなってしまう。

どうにも体調の悪い日々が続いていた。気分がすぐれず、しょっちゅう立ち眩《くら》みがする。駅のホームに立つと、滑り込んできた電車に吸い込まれそうな錯覚に襲われ、全身から冷や汗が流れた。電車に乗るともっと悲惨だった。視界が眩んで吐き気を催し、途中で降りてしまうことも度々で、我慢して乗り続けていると、頭の芯がズキズキと疼《うず》き、背筋を貫く悪寒に震えた。

酷《ひど》く疲れているな、との自覚はあったが、忙しさにかまけて病院へも行かず、なんとか日々をやり過ごしていた。しかし、光彦との付き合いからくる精神的な疲労は、確実にわたしの心身を蝕《むしば》んでいた。

その夜も満員電車での帰宅途中、いつにも増して気分が悪くなり、途中駅のホームへ出た途端、それは起こった。ボンッ、と何かが破裂するような音とともに視界が真っ暗になり、平衡感覚が消滅した。譬えて言えば、無重力の空間へ投げ出されたような——身体がたよりなく泳いだ。ガツッ、と酷い衝撃を受けた朧《おぼろ》な記憶が脳の隅にあった。どのくらい経ったのだろう。耳元で「お客さん、どうしました、意識はありますか！」と怒鳴り声が聞こえる。うるさいなあ、と思いながら目をこじあけ、顔を上げると、ホームのコンクリートにうつ伏せになっていた。若い駅員が、心配げな表情でのぞき込んでいる。

わたしは無理やり笑みをつくり、「大丈夫です」と片手を挙げると、駅員は顔をしかめ、「大丈夫じゃないでしょう。もの凄い音がしましたよ」と咎めるように言う。

何のことか分からなかった。と、口の中がジャリジャリする。ひと摑《つか》みの小石をほお張ったような感触――舌先で押しやり、プッと吐くと、砕けた歯の欠片《かけら》がボトボトと幾つも血の糸を引いて落ちた。ぼんやりとしていた思考がやっとクリアになり、コトの顚末《てんまつ》が理解できた。気を失ったまま倒れ、顎《あご》からコンクリートへ叩《たた》きつけられたのである。

そのまま救急車で病院へ運ばれ、顎の下の裂傷を八針ほど縫って帰宅。だが、顎の激痛が治まらない。後日、歯医者で歯の応急治療を済ませた後、総合病院で検査をすると、顎が二カ所、きれいに割れていた。

全身麻酔による手術で割れた顎を金属プレート二枚で留め、三週間の入院生活を余儀なくされた。医者によれば、ストレスからくる自律神経失調症とのことで、顎ではなく側頭部、または後頭部から倒れていたら命も危なかったらしい。つまり、砕けた歯と割れた顎がクッションの役目を果たしたのである。

顎をワイヤーで固定されたまま、病院のベッドに寝転がり、つくづく顎が割れた程度で済んでよかったと思った。これが光彦の取材の代償なのだろう、と納得し、退院を待って拘置所通いを再開した。

久方ぶりに会った光彦に、ケガと入院で来られなかった旨を説明すると、眉根《まゆね》を寄せ、心配げな表情でこう言った。

「身体には気をつけてくださいよ。人間、健康が一番ですから」

苦笑するしかなかった。


単行本出版後の三度目の面会は、一二月に入って実現した。ほぼ一カ月ぶりに会う光彦は、以前とはうって変わって穏やかな表情である。この日は、定期送本している月刊誌『新潮45』の話題を自ら持ち出してきた。

「最新号に刑務所の外国人収容者の実態が載っていましたよね。あれ、とても面白かったです」

——どこがですか？

「洋食も出るし、自由も多いし、看守さんも気を遣っているし、僕なんかに比べて相当優遇されているんだなあ、と思いました」

心底、羨《うらや》ましそうな表情だ。

「これからも本とか雑誌をどんどん読みたいと思います。いまは文中に分からない言葉が出てくると、辞書を小まめに引くようにしています」

勉強に目覚めた街の不良のような誇らしげな口調だった。

次に面会できたのは翌二〇〇一年一月下旬、ほぼ二カ月ぶりだ。この頃は、面会がなかなか叶《かな》わず、日時だけが徒《いたずら》に過ぎていった。前述の通り、一日一組という制限があり、光彦に予定が入っていればアウト。締め切りに追われて仕事場で泊まり込みの日が続いたときなど、早朝、面会できないまま拘置所から引き返す際は、さすがに徒労感でへたり込みそうだった。

新世紀を迎えて初めて会う光彦は太っていた。顔など、頬が膨らみ、顎がくびれ、パンパンである。もともと大柄な身体が、ひと回り大きく見えた。

——体調はどうですか？

「とてもいいです」

食欲もある、ということなのだろう。

「いまはよく眠れるし、本も読めるし、落ち着いています」

——こうやってわたしが訪問することは迷惑ではないですか？

光彦はかぶりを振って微笑した。

「いいえ、世間との接点があって嬉《うれ》しいです。これからもどんどん本を読みたいし、あなたとも会いたいです」

ここで思い出したように、言葉を継いだ。

「いつも本の差し入れをしていただき、有り難く思っています」

面会が空振りに終わったときも、本の差し入れだけは続けていた。

——どんな本を読みたいですか？

暫《しば》し考え、希望したのはベストセラー『永遠の仔』（天童荒太《てんどうあらた》・著）だった。

——分かりました。今度来るとき、差し入れておきましょう。

「ありがとうございます」

ぺこりと頭を下げた。結局、これが最後の面会となってしまうのである。


三月に入って、最高裁判所は関係者にこう通知した。上告審の弁論が四月一三日に決定した、と。

以後は、いくら拘置所を訪ねても面会できない日々が続いた。三月下旬、塀の中の待合室まで通され、もしや、と思ったが、三〇分ほど待たされた後、予定が入っていて会えない、との伝言を受け、アウト。徒労感にうちひしがれて拘置所を後にした。

そして、上告審弁論の日を迎える。四月一三日、金曜日。上告審の弁論は午後二時より、最高裁第二小法廷で開かれた。

弁護士六人による弁論内容に、さして耳目をひくような事柄は無かった。死刑そのものが残酷な刑を禁じた憲法に反し、とりわけ少年への適用は許されず、懲役刑もしくは差し戻しが相当、と主張し、同時に被告の生育歴にも触れるというもの。つまり、子供の成長過程に於ける最も重要な時期に父親の酷い虐待を受けており、ベトナム帰還兵が悩まされたPTSD（心的外傷後ストレス障害）だった、と。それ故、被告は解離性《かいりせい》障害による離人症の状態にあり、犯行時は別の人格に支配されていた、本当の人格にとっては意図するものではなかった、等々。結論として、脳科学の知識を踏まえた上で、改めて審議をすべきである――。

付け加えれば、被告人は四人の被害者に対して、どんなに謝っても取り返しのつかないことをしてしまったと悔いている、との弁護もあった。

まったく説得力のない弁護の連続に、法廷内はシラけた空気が充満した。唯一、傍聴席が反応した場面は、女性弁護人が述べた虐待の場面である。彼女は熱っぽい口調でこう語った。

「父親からまるでマイク・タイソンのラッシュ攻撃のように殴られ、全身が赤紫色の世界地図のようになってしまいました。これでは大好きなプールに行けない、と泣いたこともありました」

芝居っ気たっぷりに語られるマイク・タイソンと世界地図の比喩《ひゆ》が妙におかしく、傍聴席からドッと失笑が湧いた。

中途半端な漫談のような弁護が終わると、検察官が厳しい口調で「量刑不当は単なる事実誤認であり、とても認められない。自分より弱い者に向けられた冷酷で残虐な行為はとても許されるものではない。被害者にはまったく落ち度はない。生き残った少女も被告の極刑を望んでいる。死刑は正当であり、上告は棄却すべきである」と述べ、閉廷した。

上告審の弁論から最高裁判所の決定まで半年程度、長くても一年と予想された。死刑確定までそれほど時間はない。そして、確定囚になってしまえば外部の人間の接触は不可能になる。面会は親族と弁護士のみ。手紙のやりとりも許されない。

わたしは焦った。可能な限り、話を聞いておきたかった。死刑確定が目前に迫り、心境の変化はあったのか。犠牲者の方々へかけるべき言葉を見出《みいだ》したのか——ところが弁論終了後は面会はおろか、手紙を出しても返信がない。わたしは、光彦がまた精神的に衰弱して、ダウンしているのでは、と訝《いぶか》った。だが、知る術《すべ》はない。

一縷《いちる》の望みを託して、一カ月に三度の割合で通い続けた。

振り返れば、拘置所へ通うことで、光彦との淡い繋がりを保っていたかったのだろう。会えなくても本や菓子、缶詰類を差し入れることができる。塀の中の光彦に、来てやったぞ、と伝えることができる——姑息《こそく》で計算高い行為だ。しかし、止められなかった。繋がりを断ってしまうのが怖かった。

夏が過ぎ、秋になり、一〇月末日、光彦から手紙が届いた。そこには、しっかりしたボールペンの文字でこう記されてあった。

『ご無沙汰《ぶさた》してしまっております。ご多忙の最中、こんな所にまで何度もお運びいただいているというのに、お会いすることもできなくて大変失礼を致しております』

以後、面会のできない理由が続く。

『取り敢《あ》えず、「もうそんなにいつまでも時間が残されているわけじゃないから」ということで、今は平日はほぼ毎日、修道会の方や関係する方達が交代で来て下さるスケジュールを組んでいただいてしまっている為、せっかく朝早く来ていただいてもなかなかお会いできず、本当にいつも申し訳なく思っていたんです。本来なら回数制限などない形で、わざわざ来てくださる人とは全員会わせてくれてもいいようなもんなんですが……ご迷惑ばかりかけてすみませんです』

次いで、定期送本している『新潮45』に触れ、こう書く。

『手元にいただく度に、ああ今月もまだ覚えていてくださったんだぁ、と嬉しくなり、ありがたく見させてもらっています。テレビなどの映像は一切、見れない生活を送っている当方としては、貴重な情報源でもあります。

福田氏の「オバはんでも〜」（筆者註　評論家の福田和也《ふくだかずや》氏と新編集長・中瀬《なかせ》ゆかり氏の対談「オバはんでもわかる」シリーズのこと）はすっごい判りやすく噛みくだいて下さっていて、ああそういうことだったのかぁ、と限られた断片的なニュースしか知らなかったもので、とても助かりました。なんでも、例のもの凄いお嬢様が編集長さんになられたそうで、どうもご愁傷《しゅうしょう》さまです。だいぶ冷えるようになってきました。どうぞお体には気をつけて頑張って下さいませ』

文面から察する限り、わたしの心配は杞憂《きゆう》に過ぎなかったようだ。いや、軽口まで叩いて余裕綽々《よゆうしゃくしゃく》である。この期《ご》に及んで、どうしてこのような手紙を書けるのか、やはり理解不能だった。

一一月下旬、再び手紙が届く。前回から二〇日余りしか経っていない。戸惑いつつ、便箋を開いた。

『おたより、嬉しく見させていただきました。ご厚情、賜わることができて、とても光栄に思っております。

さて、今回連絡させていただきましたのは、判決期日についてでありまして、残念ながら来月12月3日、午後2時より判決宣告公判を開く（当方は行かせてもらえません）という知らせが最高裁から届きました』

最終弁論から約八カ月――ついに来るべきものが来た。しかし、文面は、他人事のように淡々としたものだった。

『これにより、以降は本の差入れをいただいたり、こちらからハガキ一枚書くことは許されなくなります。益々《ますます》厳しい毎日になりそうです。まあ、もちろん自業自得ではありますが……』

そして、こんな言葉で締めくくられている。

『残り何日もありませんが、こうして出せる内にまた書かせていただこうと思っております。今回は取り急ぎ、御礼とご報告まで、ということで、これにて失礼させていただきます。一気に寒くなってまいりました。お体には気をつけて頑張ってください』

わたしは、熊本の少女の実家へ電話を入れた。

祖母は事件から九年を経て、やっと訪れた最終判決のときに、《そうですか、最高裁がやっと判決を下すっとですか》と震える声を絞り出した。判決直後に連絡を入れる旨、約束して受話器を置いた。
　光彦からの手紙はもう届かなかった。

　二月三日、月曜日。よく晴れた、汗ばむほど暖かい昼下がり。それは呆気ないほど短い判決だった。午後二時、最高裁第二小法廷に登壇した裁判長は、「主文、上告棄却。以上、閉廷」と述べ、終わった。
　光彦の死刑が確定した。わたしは、最高裁の中庭から、熊本へ電話を入れた。待ち構えていたらしい祖母は、即座に出た。

《どげんなったとですか？》
　切迫した声が耳朶《じだ》に響いた。
「上告棄却です。死刑です」
　沈黙が流れた。聞こえなかったのかと思い、再度口を開こうとしたとき、掠《かす》れ声が聞こえた。
《やっと死刑になっとですか。よかった、本当によかった……》
　祖母は嗚咽《おえつ》し、後は言葉にならなかった。少女の叔父に代わった。
《死刑が決まりましたか》

静かな声音だった。

《あれから九年ですか。長かったなあ。長過ぎましたよ——》

わたしは暇《いとま》を告げて電話を切り、空を見上げた。冬の青空が広がっていた。眩《まぶ》しかった。視界がぐらりと揺れた。一瞬、空へ吸い込まれるような錯覚に襲われ、思わずたたらを踏んだ。

死刑確定の知らせを聞いた少女は、じっと押し黙ったままだったという。

エピローグ

ひとり生き残った少女は二〇〇四年春、二八歳で結婚した。大学卒業後、会社勤めを経て、かねて交際していた男性と結ばれたのである。二人は現在、日本を遠く離れ、ヨーロッパで新婚生活を送っている。豊かな歴史と多彩な文化に満ちたヨーロッパでの暮らしは、生前の両親の夢でもあった。

幸《さち》多かれ、と祈る。

死刑執行のとき

こんなに明るいのか――。

関光彦の死刑確定から八年九カ月後。二〇一〇年八月二七日、東京拘置所内の死刑場が歴史上初めて、マスコミに公開された。映像・写真で見る刑場は明るく清潔で、絞首刑用のロープを通す天井の滑車や銀色のリング、祭壇、赤いテープで囲んだ一メートル四方の踏み板が無ければ、木目《もくめ》調の壁が印象的な、小振りの会議室の趣《おもむき》である。

その四年前（二〇〇六年）、東京拘置所は古色蒼然《こしょくそうぜん》とした旧庁舎から、近代的な高層ビルへと生まれ変わった。わたしが光彦との面会の度に立ち寄った、コンクリートの壁の中にある洞窟のような面会受付所も、湿気とカビ、消毒薬の臭いが充満した薄暗い面会人控室もきれいさっぱり消え、新庁舎のそれはシティホテルのロビーのような佇《たたず》まいである。

東京拘置所の敷地内、北東方向の片隅に灰色のコンクリート塀で囲まれてひっそりと建ち、関係者の間で、死臭がこびりついている、日中でも亡霊が出そう、と忌《い》み嫌われた平屋建ての陰気な旧死刑場も、天高く聳《そび》える高層ビル内に取り込まれ、劇的に変貌《へんぼう》したということだろう。

光彦がここで刑を執行されるのはいつの日か。わたしは公開された死刑場の写真を前に、なんとも複雑な心持ちになったのを憶えている。

あの威勢のいい台詞《セリフ》をおまえは忘れたのか——。

光彦は面会室で、わたしにこんな啖呵《たんか》を切っている。

「とっととくたばりたいんですよ。許されるならこの場で切腹でも首吊りでもして、自分の手で責任を取って、潔《いさぎよ》く死んでしまいたい。死刑が決まった人間を無駄に長生きさせる必要はないと思います」

背筋を伸ばし、正面から目を据え、雄弁に語る様に、揺るぎない覚悟を感じた。この男は死刑執行が唯一の贖罪《しょくざい》になる、と信じているのだろう、とも。

が、大きな誤解だった。死刑確定後、獄中の光彦は再審請求を繰り返し、延命を図っていたのである。もっとも当時、死刑確定囚が執行回避のため再審請求を繰り返すことは珍しくなく、一〇〇人余りの確定囚のうち、実に半数以上が再審請求中だった。

本来、再審請求は、確定した有罪判決に対して事実認定の誤りを正すために認められた救済手段である。冤罪を訴える死刑確定囚にとっては裁判のやり直しに繋《つな》がる最後の命綱といっても過言ではない。それ故、死刑判決に対する再審請求中、当局は刑執行を避ける傾向があった。

実際、再審請求中の死刑執行は一九九九年一二月以来、途絶えていた。光彦をはじめ死刑確定囚が、我も我もと再審請求に走るのも、無理からぬことではあったのかもしれない。だが、それにしてもだ。三年余りの間、面会を重ね、手紙を交わし、光彦と絆《きずな》めいたものを結んできた身からすると、潔く刑の執行を受け入れて欲しかった。史上最悪の少年犯罪を引き起こした超の付く極悪人であっても、最後の最後、粛々《しゆくしゆく》と刑場に立つことで、贖罪の意思を示して欲しかった。

わたしはこの期《ご》に及んでも自らの命に恋々《れんれん》とする光彦に落胆した。振り返れば獄中取材を始めて間もないころ、光彦とこんな会話を交わしたことがある。

「この先、可能な限り、あなたと面会と手紙のやりとりを続けたいと思っています」

肩に力が入ったわたしの言葉を透かすように、光彦はこう返した。

「でも僕が最高裁で死刑が確定してしまえば、あなたとの接見交通権は消滅し、面会も手紙も不可能になりますね」

口元に浮かべた笑みが、それが安全圏にいるおまえの限界、と詰《なじ》っているようで、わたしはさらに力んでしまった。

「可能ならあなたが刑を執行される場に立ち会いたい。それくらいの覚悟で取材しています」

本音だった。が、光彦は、言葉ならなんとでも言える、とばかりに少し首を傾《かし》げただけで終わった。

取材には様々なアクシデントがあった。拘置所での面会中、突然、自分が殺《あや》めた犠牲者に対し、聞くに堪えない罵詈《ばり》を吐いたことがある。さすがに咎《とが》めると、「もっと早くあなたに出会っていればよかった。僕にはそういう風に叱ってくれる人間がいなかった」と、か細い声で訴えてきた。非道の限りを尽くした大量殺人犯の甘えた戯言《たわごと》に、眩暈《めまい》がしそうだった。

光彦が「この世でもっとも憎い人間」「一緒に死刑台に吊るしてやりたい」「あいつから受け継いだ遺伝子とか細胞を消し去り、透析でもなんでもして血液を抜けばどんなに清々するか」と憎悪を込めて語る父親にはなんとしても会って話を聞きたいと思い、北関東の自宅まで一〇回以上、通い、手紙を置き、張り込みもしたが空振り。

そんなこんなで心労が重なり、自律神経失調症で倒れ、手術と三週間の入院生活を余儀なくされた顚末《てんまつ》は本書に記した通り。

病院のベッドでとりとめのない自問自答を繰り返した。安全地帯のライター風情《ふぜい》が獄中の大量殺人犯に説教を垂れて、何様のつもりだ？　おまえが事件の当事者なら光彦を冷静に取材できるのか？　所詮、他人事だろう。

わたしは安全地帯から飛び立てない己に落とし前をつけるべく、小説を書くことにした。『デッドウォーター』（二〇〇二年三月刊行）。面会室のガラス板の向こうの連続殺人犯が突如、取材者の弱みを握り、大事な家族を破滅の淵まで追い込んだら――そんな発想から生まれた獄中ミステリーである。

物語の舞台となる拘置所の関係者に取材を進めると、死刑執行にまつわる興味深い話がいくつも上がってきた。

死刑執行を担当する刑務官の特別手当は二万円。ロープは死刑囚が床から三〇センチのところで止まるよう、事前に身長に合わせて調整されている。妊娠中の妻を抱えた刑務官は死刑執行を免除される。なぜか？　生まれてくる赤ん坊に何かあったら、との因果応報《いんがおうほう》に結び付けてしまうことを避けるため、等々。

なかにはこんな怖い噂もあった。死刑執行時に生じた前代未聞のアクシデントである。踏み板が開き、死刑囚が落ちた瞬間、ロープが滑車から外れてしまい、死刑は失敗。通常なら落下のショックで頸椎《けいつい》が折れ、瞬時に意識を失う死刑囚は、後ろ手に手錠をかけられ、両足を縛られたまま四メートル下のコンクリート床に激突し、鮮血を吐いてのたうち回る地獄絵図に。失敗が表沙汰になれば大変なことになる。複数の刑務官が、断末魔《だんまつま》の悲鳴を上げ、暴れる死刑囚を押さえ、止《とど》めを刺した、と。

日本の死刑執行法である絞首刑は一八七三年（明治六年）以来、変わっていない。先進国が死刑廃止へと雪崩《なだれ》を打ち、数少ない死刑存置国である米国（州により異なる）も絞首刑から電気椅子、薬物注射へと、より人権重視の処刑方法に変わっていく中、日本は絞首刑を一五〇年の長きに亘って存続させている。

死刑廃止論こそ世を賑《にぎ》わすことはあっても、処刑方法の変更は検討されたこともない。一方で、〈残虐で野蛮な刑罰である絞首刑は憲法違反〉との訴えは幾度かある。

仮に、死刑執行時のアクシデントが公《おおやけ》になれば、絞首刑の前時代性、残虐性がクローズアップされ、ひいては死刑制度そのものの廃止論が燎原《りょうげん》の火《ひ》のごとく広がるのは自明《じめい》の理《り》。故に、執行失敗を闇から闇へ葬り去ったというおぞましい所《しょ》業《ぎょう》も、あながち噂では片づけられないリアリティを秘めている。

さて、再審請求で死刑執行を回避してきた光彦だが、本来の趣旨とかけ離れた卑《ひ》怯《きょう》な企みがいつまでも続くはずもない。死刑執行の重い足音はひたひたと迫っていた。

まず二〇一七年七月一三日、大阪拘置所で一〇回目の再審請求中の死刑囚が刑に処された。再審請求中の死刑執行は実に一七年半ぶりである。

突如、巨大な歯車が動き出すが如く、再審請求中の死刑執行が再開されたその背景には、高まる世論の非難に加え、のっぴきならぬ事情があった。オウム真理教事件に於ける一三人の死刑囚の存在である。

数々の凶悪事件に手を染めた一三人は、本気でクーデターを企《くわだ》てた危険極まりないテロリストであり、国家は一刻も早く、まとめて抹殺しようとしたはず。が、当時、松本智津夫（麻原彰晃）以下一〇人が再審請求中で、死刑の執行には確たる前例が必要であった。つまり地均《じなら》し、露払《つゆはら》い役である。

再審請求の効力が消滅し、死刑執行の日が刻一刻と迫るなか、延命に汲々《きゅうきゅう》とする光彦はなんとも姑息《こそく》な手段に打って出る。

弁護人のアドバイスで三度の食事と間食を詰め込むだけ詰め込み、絞首刑の回避を狙った肥満化を目論《もくろ》んだのだ。元々大柄な身体はさらに大きくなり、体重一二〇キロ超に達したという。

もっとも、国家権力がそれしきのことで死刑執行を諦めるわけがない。万が一、体重が原因で絞首刑断念となれば司法の地盤が揺らいでしまう。たとえ二〇〇キロでも、周到なリハーサルを重ねた上で吊るしたはず。

地均し役一人目の死刑から五カ月後、ついにその日はやってきた。二〇一七年一二月一九日、東京拘置所で関光彦（四四歳　三回目の再審請求中）の死刑が執行。最高裁判決から実に一六年もの歳月が無為《むい》に流れていた。

犯行当時未成年の死刑執行は、一九九七年の永山則夫（執行時四八歳　一九歳でピストル連続四人殺害事件を起こす）以来、二〇年ぶりである。

翌二〇一八年七月六日、二六日の両日、オウム死刑囚一三人の刑が東京拘置所、大阪拘置所、名古屋拘置所等で執行されている。

警視庁が二〇一四年一～五月に行った一大アンケート『みんなで選ぶ警視庁140年の十大事件』でぶっちぎりの一位となったオウム真理教事件（3711票　二位東日本大震災2084票　三位あさま山荘事件1586票）。

その幕引きに一役買ったのが史上最悪の少年犯罪を引き起こした関光彦とは、後味の悪い皮肉と言うほかない。

（了）

解説

高橋《たかはし》ユキ
（ジャーナリスト・作家）

仕事柄というわけではなく元々、殺人事件ノンフィクションをよく読む。そのうえで、本編よりも先にこちらの解説ページを開いた方に注意しておきたい。本作は徹頭徹尾、重苦しく、油断すると、くらってしまう。読み通すのに、ここまで体力と精神力を要する作品は滅多にない。アスリートが本番に向け身体のコンディションを整えるが如く、しっかりと覚悟を決めてから、冒頭に戻ってページをめくってほしい。

近年、ウェブ媒体で配信されている事件記事の冒頭に〈事件の詳細な描写が含まれます。ご注意ください〉などという注意書きを見ることがある。本書を手にとった方はすでに覚悟が決まっているのだろうという推測もしているが、時代の変化に倣《なら》ってみた。

一九九二年に千葉県市川市で発生した一家四人殺害事件を取材した本作は、

二〇〇四年に角川書店から文庫化されていた。単行本は本名の「祝康成《いわいやすなり》」名義で二〇〇〇年に新潮社より出版されている。『新潮45』で、あの自殺実況テープの記事を執筆した、あの祝康成氏による長編ノンフィクション。文章が抜群に上手く、取材がしつこい著者のファンだった私は、角川文庫版発売後、熱心に読んだ。

作品に触れたときの私は、ライターでもなんでもない人間だったが、最近では当時の著者のように、事件を起こした当人に取材をすることがある。読者から取材者へと変容していくなか、いつしか本書には〝業界の先輩による取材の記録〟という意味合いも加わり、取材や執筆で困ったときや、長編を書き始める前、教えを乞うように、本書を手にするようになった。読み直すたび著者の文章力と取材力に感じ入り、私ももっと頑張ろうと奮起《ふんき》してきたのだった。

本作が「くらってしまう」要因は二つあると私は思う。ひとつは、関光彦の行為の残虐性だ。何か後味の悪い作り話を見ているのではないか、と現実逃避したくなるほどに犯行態様は痛ましい。良心の呵責《かしやく》という言葉を母親のお腹に置いてきたのかというぐらい、躊躇《ためら》いと手加減がない。〈ご注意ください〉と注意喚起がなされるような、配慮の時代に生きる読者が読み通すことができるのだろうか……という余計な心配まで生まれる。しかしこれは作り話などではなく実際に起こった出来事であり、関光彦も、そして被害者も、我々と同じように、この世に生きていた。それが読むものの気持ちをますます陰鬱《いんうつ》にさせる。

二つめは関光彦という人間が、著者の言葉を借りれば……「救いようのないクズ」であることだ。読者というのはわがままで、ノンフィクションにフィクション的な展開を求める。著者の粘り強い取材によって、関光彦がほんの少しでも、自身の悪行を振り返り「改心」する兆しを見せてくれたら……などと期待するのである。加えて読者は、読書にかけた時間が無駄になることを嫌う。少しでも「読んで得した」と思いたい。それゆえ関光彦がここまでの事件を起こした「原因」がはっきり提示されることを求める。生い立ちに問題があった、結婚に問題があった、作者にそう言ってほしい。そんなわがままな欲望を持って読む。

だが本書にはそのどちらもない。最後まで読んでも、関光彦はクズのまま。終盤に差し掛かり、さすがにもうそろそろ自分を見つめ直すんじゃないか？　と読者が思っても、関光彦は全くブレずに最後の最後までクズを通す。文庫版追記でもクズな一面が見られるので一貫している。自分の人生に何の関係もない者たちを傷つけ、命を奪った人間が、とんでもないクズだったという現実は、やはり第三者の読者でもくらってしまう。しかも事件に至った決定的な「原因」を見出すこともできない。

読み終わった後、悲しさと虚しさだけが残る。

そんなわがままな読者よりも「くらってしまった」のは長期にわたり関光彦と対峙し、本書をまとめあげた著者自身であろう。バチバチと燃える山火事のニュースをテレビで観ているのが読者の我々だとしたら、著者はそのテレビの向こう側で中継しているリポーター……ぐらい、対象との距離には違いがある。事件取材は体力と精神力を要し、危険が伴う。その対象が理解できなければできないほど、事件が陰惨であればあるほど消耗する。実際に著者は取材のさなか、満員電車での帰宅中に倒れ、顎《あご》の骨を二箇所割り入院生活を余儀なくされてしまった。関光彦も理解の範疇《はんちゅう》を超えているが、ここまで取材を続ける著者のことも、ひょっとしたら読者は理解できないかもしれない。しかし著者は、それでもいい、とばかりに言い切る。

「理解できないモンスターだからこそ、いっそう取材意欲をかきたてられた、といえば簡単だが、いまになって分かる。わたしは塀の中の光彦に魅入られていたのだ」

ノンフィクションにはたいてい〝なぜその取材をするのか〟という理由が書かれている。読者として私は、いつもそこに注目する。なぜならノンフィクションというものは、ノンフィクションでありながら、作者の心境についてはしばしばフィクションが紛れ込むことを知っているからだ。そして〝真実を伝えなければならないと感じた〟などという耳触りのよい、正義の立場に立ったかのような「建前」が、読者を一番納得させやすいことも知っている。だからこそ、ここで「建前」を持ち出されてしまうと、一気に鼻白《はなじろ》むのだが、この一文には著者の本音が見える。取材を続けるモチベーションは、どれだけその対象に魅入られているか、で決まるのだ。それに、きっと読者もそうだろう？　と著者は問うている。ここまで読んだ読者も同じ気持ちだろう？　と。そして、やっぱり私は永瀬隼介のこういうところが好きなんだよな、とつくづく思う。文体はクールなのに取材は熱いのである。関光彦との面会取材のシーンはその熱さが存分に感じられると思う。

「光彦は分からない。分からないから、取材者はより接近を試み、その黒々とした邪悪な渦《うず》に巻き込まれていく」

とも著者は綴る。火傷しそうなほどの距離にまで近づきながら、最後まで関光彦は、分からないのだ。私はこの言葉にもまた著者の本音を見る。簡単に「分かったぞ！」などと言わないところも、やっぱり好きだ。

著者が関光彦の取材を終えてから、長い年月が過ぎた。東京拘置所の面会室も、著者がかつて訪れたときとは一変し、清潔感ある空間に変貌している。しかもアクリル板のこちらと向こうにはそれぞれ、マイクとスピーカーが備え付けられ、マイクを通して会話することで、こもった声が聞き取りやすくなった。そんないま、事件ノンフィクションは絶滅寸前となり、発生時にセンセーショナルな記事がいくつか出たっきり、終わってしまうことも珍しくない。とことん対象に近づこうと死闘に近い格闘を繰り広げる本書のような事件ノンフィクションは、とても珍しいものとなった。読者としては、事件を深く知る機会を失うことが残念であり、取材者としてはもっと頑張らねばと思うばかりである。『黒龍江省から来た女』以降、ノンフィクションの世界から文芸に軸足を移した著者が、また取材を始める日を私は密かにずっと待っている。

著者あとがき　～自殺実況テープとバブル狂乱、そして鬼畜たち～

ライター稼業は四十年になります。振り返れば、不惑までのほとんどの仕事は事件取材でした。『週刊新潮』特集記事の記者時代（二十八歳～三十一歳）も含めると、手がけた事件は三百本は下らないと思います。

印象に残る事件を、取材の具体的内容も含めて、いくつか紹介させてください。

もっともグロテスクな事件は自殺実況テープでしょう。妻と娘（大学四年）をロープで絞め殺した夫が、十日間にわたる逃亡生活と、自殺する瞬間までを実況したこの異様なテープの詳細は、『新潮45』（二〇一八年休刊）二〇〇一年四月号で発表しています。

ソニーミュージックの元社員で、クラシック音楽のソフト制作会社を経営する松《まつ》田雅夫《だまさお》（五十歳）は膨《ふく》れ上がる借金と会社運営の資金繰りに悩み、葛飾《かつしか》区の自宅マンションで妻子を絞殺。レンタル契約していた白いベンツで伊豆、箱根、河口湖、奈良と巡りながら、妻と娘への一途な愛と幸福な日々の想い出を滔々《とうとう》と語り、絞殺に至った自らの心情を情感たっぷりに述懐します。

吐き気を催すナルシシズムに満ちた彷徨《ほうこう》の果て、長野の山中の一軒宿で首吊り自殺を遂げるまでを吹き込んだテープの録音時間は約四十分。この録音に耳を傾けたある人物は精神状態がおかしくなった、とのホラーめいたいわく付きのテープです。実際、編集部がテープ起こしを業者に依頼した際も、担当者は最後まで聞くことができずに終わっています。わたし自身は計三度、ライターの立場で入念に聞いて文字に起こし、それを元に松田の知人や親戚に取材して回り、首吊り自殺を遂げた長野の一軒宿にも赴《おもむ》き（オーナーへの取材は門前払い）、記事にまとめました。

いっとき、ネット上でこの自殺実況テープが話題となり、ホラーファンの間で〝聞く者の精神を破壊する呪いのテープ〟として半ば都市伝説化し「ＹｏｕＴｕｂｅで聞いた」「ネット上に転がっているのを聞いたことがある」「あの世へ誘うような声だった」との記述も散見されましたが、なにかの勘違いだと思われます。というのも、現物のテープはわたしが保管し、外部には一切出していないからです。

このテープは興味本位で聞くべきではありません。陶酔《とうすい》感漂う粘っこい口調はひたすら気味が悪く、なにより首吊り自殺決行前、胸元に装着したマイクが拾う、絞め殺した妻と娘が目の前にいるかのような、めそめそした弁解と謝罪の台詞《せりふ》、迫り来る死への恐怖の吐露、荒い呼吸音、断末魔《だんまつま》の絶叫、そして背後で響く得体の知れないノイズ――精神を破壊、云々《うんぬん》はともかく、心身を手酷《てひど》くやられてしまいます。

なにが狙いでこんな凄惨なテープを残したのか、わたしは古びたカセットテープを見るたび、背筋を冷たいものが這《は》い、やり場のない怒りにかられてしまうのです。

『週刊新潮』記者時代はバブル経済と重なるため、金融絡みのきな臭い事件が多々ありました。取材先も〈地上げの帝王〉をはじめ〈銀座カマキリ夫人〉、〈負債四千億円のバブル女将〉〈貸付一兆円のヤミ金王〉と多士済々《たしさいさい》。なかでも、老舗商社「イトマン」を介して三千億円が闇社会に消えたと言われる戦後最大の経済事件、イトマン事件では取材結果を元に、実質的な親会社の住友銀行（現三井住友銀行）東京本店へ毎週のように赴き、広報担当者と侃々諤々《かんかんがくがく》のやり取りを繰り広げました。

その最中、締め切りが迫る鉄火場状態の編集部に一本の電話が入ります。作家の山《やま》崎豊子《さきとよこ》さんです。

戦後を代表するベストセラー作家の山崎さんは新潮社にとってドル箱的存在です。同時に、〈住友銀行の天皇〉と畏怖《いふ》された磯田一郎《いそだいちろう》会長とは『華麗なる一族』等の取材で知己《ちき》を得た昵懇《じっこん》の仲でもあります。どうも身内のスキャンダルへの執拗《しつよう》な取材に音《ね》を上げた磯田会長が、山崎さんに泣きついたらしく、受話器を握った編集長の「山崎先生、それは困りましたなあ」という大声はいまも耳にへばりついて離れません。

その後、編集長以下、編集幹部が慌《あわ》ただしく別室に移動し、編集部は異様なフリーズ状態に陥りました。緊迫した空気の中、「記事差し替えか？」「冗談だろ」「ふざけんなよ」と押し殺した声も聞こえ、みな固唾《かたず》を呑んで緊急会議の結論を待っていたように記憶します。

結果として編集部は約一時間後、何事もなかったかのように動き出し、記事も予定通り掲載されたのですが、出版社の弱みをつく磯田天皇の乾坤一擲《けんこんいってき》の策略（？）に少々閉口した出来事でした。

『週刊新潮』では凶悪事件も数多く取材しました。当時のライバル誌はいまと変わらず『週刊文春』ですが、我々がもっとも意識する媒体は同じ社内の写真週刊誌『フォーカス』（二〇〇一年休刊）でした。フォーカス記者は当該人物の顔写真を入手し、犯罪、疑惑、スキャンダル等の決定的シーンを撮影しなければ記事にならないため、取材の踏み込みが鋭く、大胆なのです。

取材現場では基本、協力し合うのですが、時に情報源をめぐって鎬《しのぎ》を削ることもあり、編集部は床一枚で接していながら（週刊新潮は別館ビル二階、フォーカスは一階）、適度な緊張関係にありました。

カメラ撮影の張り込みが多いフォーカス記者は無駄口を叩かない強者揃いで、胆力も粘りも超一級でした。〈事件ノンフィクションの金字塔〉〈取材記者の教科書〉と謳《うた》われる傑作『桶川ストーカー殺人事件』（清水潔・著　新潮文庫）が生まれたのもむべなるかな、という気がします。未読の方はぜひ御一読を。

わたしの記憶に残る凶悪事件は、主犯の鬼畜ぶりが凄まじい『杉並資産家老女殺害事件』です。

一九八九年、中古車販売ブローカーの岡下香《おかしたかおる》（四十二歳）は杉並区の資産家老女（八十二歳）に愛人Ａ（四十七歳）を使って接近。アパートや土地等、全不動産を偽造書類で売却し、二億円余りを詐取《さしゅ》しています。その後、岡下は不動産売却の発覚を恐れ、老女を絞殺、死体をスーツケースに詰めて遺棄し、Ａと共に消息を絶ちました。後《のち》に判明するのですが、岡下はもう一人の共犯者（男性　三十八歳）とカネの配分で揉め、岐阜の山中で拳銃を使い射殺、首を切断後、これも遺棄しています。

わたしは凄腕詐欺師にして冷酷な殺人鬼、岡下香の人物像を取材すべく、単身、故郷の広島県三次市《みよし》へ赴きました。中国山地の山懐に抱かれた静かな街を取材して回ると、過去の悪行が次々に判明。所有する土地の境界線で揉め、相手の娘さんを冷凍車に監禁、重い凍傷を負わせたという陰惨な事件も引き起こしています。

共に逃亡中の愛人Aは同じ市内の公営団地に住む主婦でしたが、岡下に覚醒剤を打たれ、俗に言うシャブ漬けにされたあげく、夫と三人の子供を捨てて駆け落ち。岡下と出会いさえしなければ、と苦い思いを噛み締めたのはわたしだけではないはずです。

夜になり、耳を疑う情報が入ってきました。逃亡中の岡下が舞い戻り、親族が経営するフィリピンパブに潜伏している、と。早速チャーターしていたタクシーで向かうと、灯りひとつない闇夜の田圃《たんぼ》のど真ん中に赤や青のネオンが朧《おぼろ》に浮かんでいます。プレハブ造りのフィリピンパブでした。相手は拳銃を所持する凶悪殺人犯です。しかも、周囲は人気《ひとけ》のない漆黒《しっこく》の田園地帯。迷いましたが、スクープの魔力には抗《あらが》えません。それまでの取材で気心の知れていたタクシーの運転手さんに名刺と多めのチップを渡し、一時間経っても出て来なければ名刺の電話番号に連絡してください、と頼んで客を装い、パブを訪問。

しかし、店内に岡下の姿はなく、代わりに親族の男性に話を聞き、高揚と落胆が交錯《こうさく》する取材を終えました。

五年後、岡下とAは茨城県内で逮捕。二人は偽名でスナックを経営しており、なんと店は茨城県警の常連で賑《にぎ》わっていたとか。Aは懲役五年。岡下は死刑判決を受け、死刑確定後、Aと獄中結婚。いかなる心境の変化があったのか、短歌結社の同人となり、歌集も出版しています。二〇〇八年四月十日、東京拘置所内で死刑執行（没年六十一歳）。遺体は本人の遺志に沿って防衛医科大に献体されました。


最後はやはり『市川一家四人惨殺事件』です。その取材の詳細は本書に譲りますが、取材中のいちばんの苦労は生活費の捻出でしょう。身も蓋《ふた》もない言い方かもしれませんが、フリーの事件ライターがもっとも頭を悩ますのが、生活費なのです。

家庭の犠牲も厭《いと》わぬ覚悟で取材に没頭するほど、生活が苦しくなっていく負のスパイラル。市川事件も、取材を開始してから『新潮45』に記事が掲載されるまで約一年を要しています。その間の取材費はすべて編集部が面倒を見てくれますが、生活費は他で稼がねばなりません。

マンションのローンと幼い娘を抱え、状況はなかなか厳しいものがありました。そこで手掛けたのが、原稿料を弾んでくれる劇画の原作です。事件取材の合間に『ゴルゴ13』シリーズの原作脚本をせっせと書き、親子三人の生活費を賄《まかな》いました。余談ですが、この仕事が縁で文芸の編集者に声を掛けてもらい、小説家としてデビュー。人生、なにが幸いするか判りません。

事件取材は無駄の連続です。新聞、テレビといった大手マスコミが報道しない(できない)事件の核心に迫るには、現地に足を運び、空振り覚悟で取材をひたすら続けるしかありません。すると、予想外の展望が開けることがままあります。この市川事件では、少女の熊本の祖母に午前中、取材依頼の電話を入れたところ、丁寧な言葉で、しかしぴしゃりと断られました。

それでも、犠牲者の方々の故郷の風景を目に焼き付け、その空気を肌で感じたいと思い、すぐに熊本へ飛びました。午後、記事執筆のご挨拶だけでも、と実家を訪ねて突然の訪問を詫び、自己紹介で鹿児島出身と告げたところ、「お隣さんですか、ならよかでしょ、信用しましょ」と取材を受けて下さいました。おそらく、愚直に取材を続ける若造を無下《むげ》に追い返すこともできなかったのでしょう。その優しさに深く感謝すると同時に、足を使った取材の大切さを改めて痛感する出来事でした。

その伝で言うと、本作に気合の入った読み応え抜群の解説を寄せて下さった高橋ユキさんの取材力には畏《おそ》れ入るばかりです。十二人が暮らす山口県の限界集落で一夜にして五人が殺害・放火された複雑怪奇な事件を追う代表作『つけびの村』（小学館文庫）は、その優れたミステリー小説のようなリーダビリティもさることながら、取材への取り組みが尋常ではありません。

本格的な事件ルポを掲載する紙媒体が減少の一途を辿《たど》るなか、高橋さんは発表の当てもないまま、身銭を切って東京と山口を幾度も往復し、山間《やまあい》の小さな集落を訪ねて取材を重ね、薄皮を一枚一枚剝がすがごとく、〈平成の八つ墓村〉と呼ばれた陰惨な事件の真相に迫ります。これぞ、調査報道です。週刊誌の後塵《こうじん》を拝しながら、恬《てん》として恥じない新聞・テレビの記者はこの傑作を読んで一から勉強し直すべきです。

最後に、四人の犠牲者の方々のご冥福を、心よりお祈りいたします。

二〇二五年三月　　　　　　　　　　著者

本文主要参考引用文献

『宣告』（上下）加賀乙彦　新潮文庫
『ブルース』　花村萬月　角川書店
『説得』　大泉実成（『同時代ノンフィクション選集　第10巻　事件の悲しみ』　文藝春秋所収）

本書は二〇〇四年八月、刊行された『19歳　――一家四人惨殺犯の告白』（角川文庫）に新たに書き下ろしの最終章〈死刑執行のとき〉を加えたものです。

本文中の人名は、関光彦以外は仮名です。

光文社文庫

19歳《さい》 一《いつ》家《か》四《よ》人《にん》惨《ざん》殺《さつ》犯《はん》の告《こく》白《はく》　完結版

著者　永《なが》瀬《せ》隼《しゅん》介《すけ》

2025年4月20日　初版1刷発行

発行者　三　宅　貴　久
印　刷　堀　内　印　刷
製　本　ナショナル製本

発行所　株式会社　光　文　社
〒112-8011　東京都文京区音羽1-16-6
電話（03）5395-8147　編集部
8116　書籍販売部
8125　制作部

落丁本・乱丁本は制作部にご連絡くだされば、お取替えいたします。
ISBN978-4-334-10613-3　Printed in Japan

組版　萩原印刷

KOBUNSHA